讲出一个精彩故事

故 事 比 道 理 更 打 动 人

获得“故事技能”的关键7步

麦成辉

著

湖南文艺出版社 HUNAN LITERATURE AND ART PUBLISHING HOUSE

博集天卷 CS-BOOKY

Foreword 推荐序

人为什么想要留下自己的故事？

许多年前，一个年老的富翁和他的年轻太太来找我，开出相当吸引人的条件，希望我能替他写一部自传。我不太会拒绝别人，但我还是推掉了。为别人写传记，我既不擅长也不喜欢，富翁白手起家的故事也委实没有什么可以写。

时隔多年，有一天晚上，我和朋友在一家小餐馆吃饭，坐在附近的居然就是那位富翁和他的年轻太太。他当时背对着我，没看到我，跟他吃饭的，还有两个男的，是出版社的负责人。那是一家收钱替人写书和出书的出版社。我听到那两个男的鼓其如簧之舌，告诉富翁他们将会如何如何找人写他一生的奋斗故事，又会如何如何包装和推销这本书。富翁和太太似乎听得十分高兴，也很满意。我这才知道，原来他一直没有放弃出版自传的念头。

那本书后来有没有写出来，富翁有没有如愿拥有一部自传，我已经不记得了。倒是那天之后又过了一两年，我无意中在报纸上读到他的讣闻，那篇讣闻占了很大的版面。读着讣闻，我突然有一股说不出的感慨，生命的最后几年，富翁也许还在为自己的传记奔波。无论最后有没有自传，那篇讣闻倒成了他自传的最终章。

每个人都想留下些什么，也总相信自己的故事不平凡。写书写了那么多年，写过无数的故事，我经常收到读者的信，他们不约而同地希望我能写他们。“写我！写我！”——我总是收到很多这样的要求，可是，他们的故事真的没有什么可以写。

对一些人来说，人走了，故事也完了。很多人羡慕赚大钱的商人，可我认识的一些商人倒是羡慕艺术家。一个富商走了就是走了，大众不会怀念他。一个艺术家却不一样，他可能没什么钱，甚至穷困潦倒，但他死后，会有不认识的人怀念他，直到许多许多年后，还是有人读他的故事。

作家很少为自己立传，甚至讨厌做这种事。一个作家最好的自传就是他的每一本书和他笔下的每个故事，如同每个导演的电影就是他不同人生时期的自传。一个画家最好的自传难道不是他的作品吗？除此以外，都是不必要的。

每个人都觉得自己的故事值得一写，也值得一说再说，却不是每个人都知道怎么说、怎么写。我们都是听故事长大的，讲故事好像很容易，却也不容易。有些人天生会讲故事，大部分人却不知道从何讲起。麦成辉的这本《讲出一个精彩故事》以直接利落又充满幽默感的方式，告诉我们该如何讲故事，也告诉我们，即使再平凡的故事，也可以讲得动听。

读着他的书稿，我禁不住会想，要是我来写他的故事，我会怎么写呢？他是那个对梦想浪漫到骨子里的人；是那个待人处世始终心怀纯真的人；是那个向往相忘于江湖，却也是我认识的最有侠气的人。有一天，他又会如何写我的故事？

为什么想要留下自己的故事？与其苦苦请求别人为你立传，不如活着的时候讲好自己的故事。每一次梳理自己的故事，也是一次深刻的自省。一生的日子如许匆促，你的故事就是这样吗？抑或可以更好？人生的最终章，你希望是个怎样的故事？每一个当下都可以成为一个好故事的伏笔，讲好自己的故事，也就可以过好自己的日子，这就是故事真正的意义吧？

張小嫻

Lesson 01

第一课
为什么要学习讲故事

我们生活在一个故事的世界里，大家习惯用故事去表述、游说、推销、接收和传播，除了影视界和教育界这些专业人士需要学习讲故事，一般人学习讲故事也肯定很有裨益。学会讲故事，一定会改变你的人生故事。

Lesson 02

第二课
故事是什么?

故事的意义，就是将片段的事物和人情的变化串联起来，以一种特殊的因果关系呈现。
讲故事本身，是一种对世事的叙述、一种理解世界的视角，叙事者背后蕴含的情感因此常常是一种重要力量，引领故事的发展方向。

Lesson 03

第三课
如何塑造人物?

故事都是通过各种角色，尤其是主角的遭遇，去展开故事情节，如何叙述故事中的人物性格和发展，是讲故事的重要技术。讲故事的人、故事人物和听故事的人，他们三者之间常常可以借着故事里的冲突和矛盾，构成一种奇妙的深层关联。

Lesson 04

第四课
展现情节的力量

故事的情节其实就像在宇宙无限空间中勾画出一组星系，大小不一，形态各异，坐标不同，但默默演绎着同一个隐喻。
故事情节的推展，也有着一种比较精练的戏剧性节奏，有别于日常生活杂乱并陈的真相；故事的推展，常常也需要有一种既扣紧听众注意力，又出人意料的推展节奏。

Lesson 05

第五课
叙事观点：讲故事的第一关

采用什么观点，即用谁的脑袋和视界去讲故事。
说到底，故事的最终呈现是在每个听众的内心。
“叙事观点”这种技术的目的是更有效地发挥故事的内在力量。有些时候，刻意改变了本来的叙事观点，也应该提醒自己如何发挥选定了的叙事观点的优点。

Lesson 06

第六课
故事三要素：叙事、场景、对白

所谓叙事，就是“叙述事情”，好像有个人把事情向你娓娓道来，其中赋予各种记忆、想象、感情和见地。这种用语言描绘事情的能力，有点像画家，你只要投入其中，便会感受到一些不曾目睹的景象。

Lesson 07

第七课
练习讲好故事

我们建构一个故事，首先得出现一个灵感激荡、有强烈感觉的原点。故事的原点是如何发生的？可以说各施各法，大部分专业的讲故事者都搜索枯肠，寻找好故事。简单来说，好故事就是：
有创意，会令听故事的人心中一亮的故事。

出个
精彩
故事

Tell a
Wonderful
Story

01

L e s s o n

第一课

为什么要学习讲故事

我们生活在一个故事的世界里，大家习惯用故事去表述、游说、推销、接收和传播，除了影视界和教育界这些专业人士需要学习讲故事，一般人学习讲故事也肯定很有裨益。

学会讲故事，一定会改变你的人生故事。

为什么
我们喜欢听故事？

Tell a
Wonderful
Story

小时候，班里有个同学，长得很结实，是个小胖子，非常顽皮，捣起乱来老师都管不了，老师用木尺打他的手，疼得他眼泪簌簌地流，双腿却还是猛蹬。他总是喜欢站到老师的讲台上唱歌，其他同学也跟着他吵闹，课堂的秩序一团糟，最后班主任只能辞职不干。

后来调来了一个短发女老师，娇小斯文，连我们几个只有五岁的男同学，也懂得为她担心。记得那天她给我们上第一节课，先复习英文，由 A for Apple 说到 F for father，小胖子已经忍不住跑到讲台边，最顽皮的几个同学也跟着起哄。

这时，那位短发女老师不慌不忙，拍了拍掌："同学们现在坐好，我讲一个故事给你们听。"

顽皮的小胖子转头看了老师一眼，只犹豫了一秒钟便踏着轻快的脚步，回到自己的座位上坐了下来。

回想起来，我其实非常感激那位多年不联系的小胖子同学，他令我们听到很多很多童话故事，丰富了我的童年回忆。

青少年时期，因为唐诗宋词、武侠小说看得多，我一直有个"中国梦"，将"济世救世"浪漫化，自以为会是英雄人物。20 世纪 80 年代，中国大陆刚刚改革开放不久，一切皆有可能。我从台湾大学毕业，到美国留学不久便辍学到了香港。辍学有一部分是经济原因，而更重要的还是心怀"中国梦"。显然，这种肤浅的思维当然不可能有好结果，香港社会非常现实。工作了两年之后，我在电视台、电影公司、报社都上过班，都不如意，变得好像连“温饱梦”也很遥远了。

那时候的我，几乎一无所有，社会上不重视无财无势的年轻人，女朋友分了，跟家里又很疏离，过去朋友之间的慷慨激昂有如逝去的梦。

有一天，我问自己，有什么可能改变糟糕的命运？好像剩下的，只有对电影的热爱和对电影知识的了解，还有就是做梦的兴趣和能力。

于是我决心跟命运赌一把，向老同学借了些钱，想买下一部我觉得很好看的日本电影的影院放映权。那时香港的影院以容纳千余人的大影院为主，基本上只放映好莱坞大片和粤语片，排片权在几家公司手上。所以，当我向日本电影公司询问版权价钱的时候，他们还以为是恶作剧，最后以极便宜的价格卖给了我。

放映权买下来了，那么，我应该如何向那几家影院推销呢？

一味地说那部电影有多好看，肯定很快被敷衍了事，他们不关心电影，只关心影院和票房。

当时我看过一篇名为《欧美影院新趋势》的文章，于是便依此借题发挥，讲了一个《影院的故事》，先从分析开始：

“现在香港的电影院生意还不错吧？但我们是否常常有些问题需要解决？

“首先，有些淡季的放映场次进场人数不是很多，例如周一至周五的午间和周六周日的早上，这些日子放映都可能亏本，不放映却又一定会亏本。

“其次，有些电影票房失算，例如本来预算放映两周的电影，一周之后已经后劲不继，这时该换下来还是继续？贸然换一套第二轮的电影，效果未必更好。

“第三，在一年里头，大概有四分之一的日子是淡季，这就得用旺季的盈利去补贴，因为租金、薪水、电费等照样得付，是否毫无办法？”

大部分影院老板或经理听完这段陈述，也会点头同意，并且说出一些现行的处理办法，例如特殊场次固定播放第二轮的武侠片和色情片之类。我都很快打断了他们。

“现在我们的办法只是权宜之计，而事实上，欧洲、美国的影院业老早已经想到办法，连台湾地区也开始这样做了，只是我们没注意。”

当时香港和台湾还比较隔阂，很多人都不清楚台湾影业的情况，于是他们的兴趣来了。我这才告诉他们，一个大影院分拆成两三个小影院的世界趋势、多元播放电影的必然性，等等。其实他们一般都略有所闻，只是生活太好过，懒得想太多。如今有人认真陈述，他们也会认真听听。

我接着才推销自己那部电影：

“过去大家都觉得这种日本电影很冷门，根本上不了大场，其实在这部电影里面，大众喜欢的什么东西都有，在日本也很卖座，你们可以用这部电影来做个试验，或许能帮你们决定未来怎样做生意，说不定还可以领先全行。试想一下，就算不成功，亏本的主要是我，你们也不会愿意把这部电影放在最好的档期，淡季的垫空档电影，成功率很多时候只有一半，为什么不用我的这部电影为将来做个试验呢？”

当然，事情没有神奇到他们立即采纳我的意见，只是让他们记得我。三个月后，一家影院公司旗下有一家场子在淡季有一周都没找到很好的电影，于是想到不如让我试试。结果，这部电影一连公映了两个多月，成为当年的影坛热点，也改变了我的人生。有一年，香港无线电视台要拍摄《第一桶金的故事》，便采用了我这段往事，还在黄金时段播放。

后来，我在出版社担任总编辑，常常需要跟作家讨论故事，好像都很得心应手。**故事就是人生的一种隐喻、一**

种发生的可能性，得让读者喜欢人物、情节，或者对故事整体有很深刻的印象。故事里面，人物常常得有特别的想法、勇敢的行动，遇上有趣的人物，也得有出人意表的结果。

一直到四年前，当大学找我教授 *Storytelling*（《讲故事》）这门课的时候，我一开始觉得很简单，因为工作上常常需要给予作家意见："这个角色要有点小小的坏习惯才可爱啊！""这个转折太突然了些，不如在前面先埋下一个伏笔？""这种结果解决不了整体的悬念！"

"如何写好一个故事"，好像变成我的专长。谁知第一个学期教下来，才知道自己错了，因为过往面对的是作家，他们有一定的技术和天分，而大学里的选修生，除了极少数之外，绝大部分对写故事都没有什么概念。所以在之后的四年里，我花了很多时间阅读有关讲故事的书，用这些讲故事的理论和概念，重新认识很多戏剧、电影、小说、神话的故事特质，然后每个学期，几乎都对课程内容和形式做出重大改动。在这个过程中，我对"故事"和"讲故事”本身才有比较彻底的思考。

为什么我们那么喜欢听故事？因为我们都生活在无数的故事叙述里面，人类理解周遭世界的能力其实受到很大限制，而我们在零碎、含糊、不确定的认识当中，又必须拼凑出事物的因果逻辑，使一切看起来都能够解释，否则我们的世界便不能有效运作。有时候，对于一些我们暂时无从掌握拿捏的事情，我们必须运用想象力去补白，运用我们的创造力去填满所有因果关系，我们每个人其实都是听故事和讲故事的高手，同时熟悉故事的基本法则，喜欢从事物的变迁入手理解事物、形容事物、传播事物。

每个故事都好像一条理解世界的路径，帮助我们脱离迷惘状态，满足我们的好奇心，给我们一些生活建议。

得到
出乎意料的好处

Tell a

Wonderful

Story

故事，是一种充满活力的叙述方法，通过运用人物及事情的各种变迁传递一些情感、概念或信念，可以变成内涵丰富的生活象征，**“讲故事”可以表述的内涵，往往超过了逻辑语言可以解释的各种概念及符号。**

而事实上，我们生活中已经不知不觉被“讲故事”深深影响着，有时候也运用了“讲故事”的技术去表述事理，只是在习惯当中很少自觉。

小时候，我们学习英文字母，由“A”到“Z”莫不是同时加上一个很形象化的英文单词，由 Apple（苹果）到 Zoo（动物园），负责任的老师会接着说一个有关苹果的故事和动物园的故事。学习成语“塞翁失马”和“浪子回头”时，若不知道这些典故，怎么会运用呢？教育界习惯用讲故事去帮助学生理解，吸引学生的注意力，让学习内容像“病毒”一样粘住学生的脑袋，当然，也可以像我小时候的老师那样，用故事来维持课堂秩序，甚至保住工作。

在商业上，广告界对故事手段的运用，几乎无时无刻不在翻滚着。例如：

香水：约会成功的故事

白米：家庭和睦的故事

保险：渡过难关的故事

啤酒：都市奇遇的故事

这种打动人心的方式大家都知道，偏偏还是有很多人接受，那是因为他们在故事里找到了乐趣，代入了那些浪漫的情境里去。

至于政客，当然就更习惯运用讲故事的技巧了，除了推销自己、使自己的观点以浅显的方式如病毒一般向群众散播之外，他们特别善于按照受众的内心需求帮助他们完成想象中的故事。

例如当社会混乱无序时，就会容易产生个人崇拜，因为大家在无助之下会渴望出现一个封建家长式的“明君”，交给他管好便是。个人崇拜的产生，首先是得创造这个人并非普通人的故事，把他的脑力、体力、才华及理想各方面都塑造得高人一等，离现实越远，越方便完成故事。所以通常个人崇拜之后，都能出现一大堆“伟人也是普通人”的所谓真相。

又例如一些政界明星，虽然被揭发贪污腐化，还是有很高的民望，他的智囊团这时就会放出“其实他已经不算坏了，为官哪儿有不贪的？×××比他贪得多得多，要治他的罪之前，应该先治×××”“其实他很无奈，都是太太和儿子搞出来的，他太重亲情了”等言论，民众中的支持者为什么可以接受这等非理性的解释呢？因为他们内心有一个原谅政治明星的欲望，这等辩解，恰好可以完成他们内心的“有点无辜又可惜的好人”故事，也逃避了一个“自己曾经盲目认知”的故事。

说到电影界，就像梦工场所说，网络新生代忍受沉闷的耐性不会超过一分钟，所以你可以发现，现在的电影、电视剧节奏有多快。人物千奇百怪，情节曲折离奇，却又需要串联得言之成理，令观众投入、认同，编剧编故事的能力应该是历史新高。而事实上，在编剧过程中，常常需要预测目标观众的反应，甚至在电影公映之前举行业内试映，然后根据观众的反应补拍一些情节。所以目前很多有关“讲故事”的书籍和理论都来自美国好莱坞的编剧高手。然而，电影讲故事的方式倾向于激起观众的实时反应，电影是娱乐事业，唤起霎时冲突便算成功。教育性的故事却可能影响一个人一辈子，政界的故事更可能流传几千年。

心理学家运用讲故事的技术，也非常神奇。我曾经参加一个为期七天的“家庭治疗训练营”，看到心理学家示范怎样重塑心理病人的创伤心态，包括由别人扮演她童年的亲友。其中扮演伤害过她的叔叔的那个人，温和地对她说对不起；扮演她父母亲的，向她诚恳道歉，而她也逐一原谅他们。改变了自己心中的故事后，她竟然有一种重生的感觉。而事实上，当我们每次自我反省的时候，都是想重塑自己的故事，一旦改变过去，也会同时改变现在。

大家几乎都知道会讲故事的人在社会上会拥有更多优势，个人世界也可能更加有趣。然而，大部分人还是有一些不正确的想法，认为讲故事的能力“是天分而已，学不来”“花言巧语没有什么意思”“又不是想做编剧”“太难了”，等等。

因为曾经教学四年，我可以说我知道讲故事的能力是能够学习、训练和改进的，因为现在已经有一个学习讲故事的知识系统。

我们生活在一个故事的世界里，大家习惯用故事去表述、游说、推销、接收和传播，除了影视界和教育界这些专业人士需要学习讲故事，一般人学习讲故事也肯定很有

裨益。我们如何知道什么是虚构与谎言？如何一眼看出品位的高低？如何在平淡生活中添加乐趣？当然，绝对不能排除，我们很快会在工作上、社会关系上，因为学会讲故事而得到出乎意料的好处。

学会讲故事，一定会改变你的人生故事。所谓明理，很多时候，不外明白故事是如何说起而已。

Points of This Lesson 知识点温习

为什么我们喜欢听故事？

- 人类理解周遭世界的能力受到很大限制，为了使世界有效运作，我们必须在零碎、含糊、不确定的认识当中，拼凑出事物的因果逻辑，暂时无从掌握拿捏的事情，则必须运用想象力和创造力去补白。

我们为什么要讲故事？

- 故事就是人生的一种隐喻、一种发生的可能性。
- 每个故事都好像一条理解世界的路径，帮助我们脱离迷惘状态，满足我们的好奇心，给我们一些生活建议。
- “讲故事”可以表述的内涵，往往超过了逻辑语言可以解释的各种概念及符号。
- 我们生活在一个故事的世界里，大家习惯用故事去表述、游说、推销、接收和传播。我们会在工作上、社会关系上，因为学会讲故事而得到出乎意料的好处。
- 学会讲故事，一定会改变你的人生故事。

Tell a
Wonderful
Story

讲出一个精彩故事

Tell a
Wonderful
Story

02

Lesson

第二课

故事是什么？

故事的意义，就是将片段的事物和人情的变化串联起来，以一种特殊的因果关系呈现。

讲故事本身，是一种对世事的叙述、一种理解世界的视角，叙事者背后蕴含的情感因此常常是一种重要力量，引领故事的发展方向。

一个看到人生
无限可能性的窗口

Tell a

Wonderful

Story

故事是一个窗口，可以让我们看到人生的无限可能性。

在理性分析之前，我们先来看一个小故事：

曾国藩，是中国清代历史转折时期有极大影响力的儒将巨人。关于他的天资，流传着一个故事。

一个晚上，曾国藩正挑灯夜读，专心读书的他并没有发现一个小偷躲在窗边，正打算等到曾国藩掩卷灭灯睡觉后出来偷东西。

这个小偷没想到，苦学的曾国藩居然拿着同一篇文章一遍一遍地背诵，却怎样也记不牢。

小偷一直等着，曾国藩重复又重复地背诵，一点也不着急，也看不出有他有丝毫要停下来的意思。

小偷等啊等，都快睡着了，曾国藩却还没能把文章背诵出来，又不肯去睡觉，小偷终于按捺不住，破窗而入，喝骂曾国藩："这样的一篇文章也要读这么久吗？！"

小偷一手抓起那篇文章，当着曾国藩的面只看了一遍就大声背诵出来。然后，这个小偷很不屑地嘲笑曾国藩："你这个笨蛋，注定难成大器！"说完，小偷扬长而去，东西也不偷了。

曾国藩从不以天资不够聪颖为耻，他的名言是："坐这山，望那山，一事无成。"故事中的小偷虽然天资过人，人生成就却跟曾国藩有天壤之别。

要成就上面这个小故事，通常需要以下几个"必须"：

必须要有讲故事的人。那是"我"。"我"又从别的书里看过之后改写。

必须要有值得变成故事的题材。曾国藩的逸事很有趣，也很有教育性。

必须要有故事的技巧发挥。这个故事短短三百多字，里面有丰富情节，也鲜活地点出了人物性格。

必须要有故事的信息。要不然“坐这山，望那山，一事无成”就不够清楚。

故事可以蕴含无数特效，如电影《指环王》《阿凡达》；也可以纵横历史转折时期，像小说《战争与和平》《双城记》；但也可以只有短短一字一句，像某些精彩的歌词、书名，等等。故事就是它们的内核。

讲故事就是一种有高度技巧的叙述方式。“如何描述这个世界”从来都是重要课题，而“讲故事”正是人类运用高度智慧，传递出对世界某些深层认识的叙述方法。

好听的故事，常常包含一些令人动容的转折：意想不到的人物，遇上意想不到的事，表现出意想不到的行为，也让受众产生意想不到的情绪经验。

一种
理解世界的视角

Tell a
Wonderful
Story

今天的影视和游戏行业喜欢采用急速的节奏和曲折的情节，大家对细节描述和事理情境的因果先后关系逐渐已经不耐烦，取而代之的是，运用高技巧和高效率的方法交代故事。这种把各种变化串联起来的能力就是叙述能力。

我们如何理解万事万物？最高境界当然是心领神会；普遍的理解方法则是如何叙述就是如何理解。若说世事无穷无尽，又在无时无刻不停变化，我们如何整理出头绪？如何表达？如何沟通各自的理解呢？

故事的意义，就是将片段的事物和人情的变化串联起来，以一种特殊的因果关系呈现。

讲故事本身，是一种对世事的叙述、一种理解世界的视角，叙事者背后蕴含的情感因此常常是一种重要力量，引领故事的发展方向。

故事情节的发展就好像一个导引方向，假若将一个故事比作一个万象呈现的花园，讲故事者便是打开这扇窗子的人，故事的情节等就如路径，先后因果关系有没有散乱或者相悖呢？主要人物角色就是导游，有没有足够的魅力和亲和力，让你愿意专注投入聆听呢？故事的题材及细节相当于花园内的摆设和各类花木建筑，有没有相当的细致度和惊喜让你回味？

一种
世间的可能性

Tell a
Wonderful
Story

由于感官能力的限制，人类不可能对知觉的事物完全了解，对事物发展的因果关系就更不可能全然了解，所以每一个叙述必然需要一些想象力去补白知觉的不足。

假设故事分成两种：虚构的和非虚构的；所谓非虚构的，必然也有虚构成分。

例如用一万字讲述一个“美国的故事”，如果你先描述美国的地理环境、人口数据、社会现况等等，虽然有参考价值，但远不如一个用事物演变做脉络的故事形式。你可以：1. 从清教徒搭乘“五月花号”到达美国东岸开始，2. 从 19 世纪南北战争开始，或者从 21 世纪金融危机开始。这样美国才会形象起来，你不可能用一万字告诉人家美国的全部，一亿字也不可能，耗尽你一生也不可能，但是，你可以用一万字帮助别人很快了解美国是怎么一回事，这就是叙述的威力。

假若你用一万字写一篇虚构的“美国的故事”，那几乎完全自由，可以用任何地点、人物、事件完成叙述，故事可以在美国，可以在过去的越南，可以在虚构的未来外层空间，可以表达你任何的意念和感情，因为你在营造一个虚拟的真实，创造一个本来不存在的小世界。

故事也是一种世间的可能性，所谓想象力，也是发掘、发展、创造这种可能性的能力。

人类的生活本来就交织于各种虚拟真实里面，以之为真地运作。

例如国家，是否真有一个“美国”？好像千真万确，很多人还渴求拿到美国国籍。其实何曾有一个有形有相的

“美国”，它来自一个概念：这样的国界、这样的制度、这样的认同、这样的历史……因为大家都认定“美国”这个概念，“美国”便存在于这个世界，它是一个虚拟真实。

因为“美国”只是一个虚拟真实，所以它也会随时改变，好像古代的罗马，曾经是最伟大的国家，“美国”也会有灭亡的一天，未来它也可能改变制度、改变疆域、改变文化认同，跟我们想象中的美国有很大差别。

每个美国人心中也可能有一个近似的“美国的故事”，使他们轻易地认识、认同、联结在一起，产生美国人的公民意识。

一个有力量的故事本来就可能影响人的一生，可以流传几千年，甚至几万年。**虚拟的故事更可以影响真实的生活，事实上，真实的生活里面也存在很多虚拟故事。**

一种
状态的转变

Tell a
Wonderful
Story

讲故事的人常常运用“变化”这个基本概念去掌握故事的发展进程和情感脉络。什么叫作变化呢？简单来说，就是从一个状态转变到另一个状态，譬如蝴蝶从虫卵、毛虫、茧蛹，最后蜕变为一只展翅飞舞的蝴蝶。事实上，万事万物每时每刻都在变化，只是，在成形之前大家没有发现，也不会注意。所以，吸引注意力的一个重要方式，便是变化，变化的结果越是出人意表，越能够引起刺激、有趣、惊讶等情绪，变化的事情越贴近生活，也越容易引起共鸣、代入、感动和激励等情绪。

故事的内容，常常是一连串的各种变化，由各种变化本身带动受众的感受和反应，所以，故事里面的世界通常是由变化去理解事物，跟我们日常生活非常不一样。一般人都生活在比较固定的模式里面，偶尔遭遇变化，不久又会进入另外一种固定生活模式。处于固定生活模式的人，通常只会专注于日常生活，对于世界每时每刻正在变化的事实缺乏敏感度，直到身边的事物产生了形态上的明显变化才会注意。重大的变化，感觉上便是一个新转折。

讲故事的人和故事本身存在着神秘魅力

Tell a

Wonderful

Story

一个**精彩的故事是如何产生的？它的起点在哪里？**

小说家、电影导演、画家等艺术工作者，有时候非常单纯，可能为了呈现一个画面，或者是某个情节、一个人物，或者一个主题，便由此出发，逐渐完成一个故事，这种灵感开端，比比皆是。至于游说性或教育性的故事，则通常围绕一个具体主题。

但是我们必须明白，故事的核心本质是：

“**故事中的连串事件变迁，使得故事人物内心有了很**

不一般的变化，由此启动听故事者的各种情绪起伏。”

一些大家意想不到的事情发生了，故事中的人物因而产生意想不到的内心变化，最后产生一个意想不到的故事结果——这就是讲故事的人最常使用的手法，也正是故事的最大魅力所在。然而，最初讲故事的动机和动力并不一定跟故事的最终版本完全呼应，故事内容的创意往往是一个故事的灵魂，很多时候是先想到一个好故事，才决定自己想要传达什么信息。

所以，大部分艺术工作者都搜索枯肠寻觅好故事。什么是好故事？简单来说就是：

有创意，会令听故事者心神一亮的故事。

很多时候，创意来自一种特殊的灵感，一旦捕捉到一个很有感觉的片段，便可以逐渐丰富，使得一个好故事成形。

那又该如何捕捉这些很有感觉的片段？

我们首先必须锻炼自己的触觉。每天发生多少世界大事、眼前小事，为什么有些事我们会注意、会感动，有些事却又让它们白白流走呢?

事实上，人类对事物的触感可以很敏锐、很丰富，也可以很迟钝、很贫乏。天分和生活经验固然重要，一个人是否拥有活泼的灵魂和好奇心，才是最重要的。

世间各种学问不外是人类对于宇宙的各种有系统的叙述，人类之于宇宙何等渺小?还附带着各种感官限制。人类基本上没有能力为无垠宇宙做出完整描述，所以，人类叙述事物这件事本身从来就允许全方位的革命性，也有无限可能发展的深度。**讲故事的人和故事本身的神秘魅力，便是用独特的人物事理关系，触动人们内心一些难以完整描述又真实存在的生活感觉。**

扣紧主题，才可以扣紧听故事的人的心

Tell a
Wonderful
Story

精彩的故事往往并非纯粹煽情和空想，它里面肯定有令人信服的因果关系，以及跟世界运行法则相应的信息传递。我们要讲故事前，先**把主题信息弄清楚**也是非常重要的，这往往可以成为故事的发展方向和选材导引，使得故事紧凑有力。

故事的主题不妨处理得比较有活力，否则，故事的叙述会因为受到缚束而变得拘谨。欠缺活力的另一个极端则是忽视了主题，这么一来，情节和人物性格就会变得松散凌乱，令人难以跟上。

讲故事本身就是一种行为，任何行为都有动机和目的，讲故事本身是一种高技巧的叙述，背后的动机和信息必须清晰明显，而非零零碎碎的事件堆砌。

当然，有时候也可以这样说："我没有想怎样，只是觉得想把故事说出来。"

这样其实也有分享的动机。为什么这个故事值得分享呢？因为故事带来的信息有着需要知道的价值。对故事内含信息的有效处理，往往又会令故事叙述本身更精练，也更有活力。

处理不同类型的故事，我们必须运用不同的技巧去对待想要表达的信息。

例如新闻故事，动机是报道事实，所以必须尊重新闻事件本身所包含的社会信息，过度注入主观思维未必应该。

寓言故事则相反，寓言故事对某些人生处境往往有强烈的教育动机，假如故事带出来的信息不清楚，那就无法达到教育和启发的目的。

相反，小说、戏剧和电影毕竟是艺术，太着重故事的动机和想要表达的信息，就很可能沦为教条式的东西，变得呆板沉闷。

扣紧主题，往往又可以帮助扣紧听故事的人的心。

讲故事，
就是展现自己的想象，
感染启发听故事的人

Tell a

Wonderful

Story

“讲故事”的学习，便是提供一些路径，让有心人进入人类事理因果的核心关系，从而逐渐掌握呈现技巧，展示自己丰富的感觉及想象，并且达到传递出此份感想之目的。

对事物产生感觉，人们才会产生感动、爱憎等各种情绪和理智上的启悟。

“讲故事”理论因此需要从很多方面，例如故事人物设定、情节发展、叙事观点、对白设计、信息等等提供一些基础脉络，让学习“讲故事”者有一个练习范本，逐渐掌握个人如何启动感觉、开展想象力和创造力的独特方法。

我们再来看一个小故事，印证一下：

美国好莱坞是梦工场，也是很多人希望达成梦想的地方。

当年，有一个身材健硕、野心勃勃却口齿不清的年轻人带着一个自己写的剧本，轮流拜访当年好莱坞的五百家电影公司，希望得到垂青，把故事拍成电影。这个穷光蛋曾经为了等待百老汇剧场的小角色试镜，替动物园清洗狮子笼，帮别人钓鱼……但是，厚着脸皮毛遂自荐的结果，换来的是五百次干脆的拒绝。

他不但没有气馁，还信心满满，好像小时候玩旋转木马一样，再走一圈，拿起名单，从头拜访一次。

这次的回应，就很不客气了。

“你根本没有才华！”

“我们别浪费时间好了！”

总共超过一千次的拒绝。

他曾经躲起来，默然看着自己的剧本，心里想：“究竟该如何走下去？”

然后，他做出了一个几乎没有其他人同意的决定：再走一圈。

很少有人会明白他哪里来的勇气，再来一次五百家的拜访。

这次冷嘲热讽少了，因为大家都不想搭理他。

不知道是否被他的诚意和毅力打动，到了第三次，第三百五十家电影公司的老板终于愿意坐下来听听他的剧本概念，听完之后，这个老板不但答应投资开拍这部电影，还决定让这个年轻人担任戏中的男主角。

这部电影叫《洛奇》（*Rocky*），这个当年的年轻人叫史泰龙。

一炮而红之后，提及这段往事，他只轻描淡写地说：

“我很感谢那些拒绝，他们使我质疑自己，也使我更坚定自己的道路和想法。”

上面这短短几百字很清晰地包括了信息主题、人物性格、情节发展、背景描述等等故事的重要元素。

你能找出来吗？

Points of This Lesson 知识点温习

故事是什么？

- 故事是一个窗口，可以让我们看到人生的无限可能性。
- 好听的故事，常常包含一些令人动容的转折：意想不到的人物，遇上意想不到的事，表现出意想不到的行为，也让受众产生意想不到的情绪经验。
- 故事也是一种世间的可能性，所谓想象力，也是发掘、发展、创造这种可能性的能力。
- 虚拟的故事更可以影响真实的生活，事实上，真实的生活里面也存在很多虚拟故事。

组成故事的元素是什么？

- 要有讲故事的人。
- 要有值得变成故事的题材。
- 要有故事的技巧发挥。
- 要有故事的信息。

如何理解“讲故事”？

- 讲故事本身就是一种行为，任何行为都有动机和目的，讲故事本身是一种高技巧的叙述，背后的动机和信息必须清晰明显，而非零零碎碎的事件堆砌。
- 讲故事的人和故事本身的神秘魅力，便是用独特的人物事理关系，触动人们内心一些难以完整描述又真实存在的生活感觉。
- 讲故事就是一种有高度技巧的叙述方式。“如何描述这个世界”从来都是重要课题，而“讲故事”正是人类运用高度智慧，传递出对世界某些深层认识的叙述方法。

讲出一个精彩故事

Tell a Wonderful Story

03

L e s s o n

第三课
如何塑造人物？

故事都是通过各种角色，尤其是主角的遭遇，去展开故事情节，如何叙述故事中的人物性格和发展，是讲故事的重要技术。

讲故事的人、故事人物和听故事的人，他们三者之间常常可以借着故事里的冲突和矛盾，构成一种奇妙的深层关联。

孙悟空和唐三藏，你能记住谁？

Tell a

Wonderful

Story

《三国演义》里面，乱世之中，群雄并起，诸葛亮却一心臣服于刘备，为什么后世欣赏诸葛亮的人多，提起刘备的人少？

忠诚又聪明的人，历史上太多了，很多还死得很惨，更没有人记得。

那是否因为诸葛亮个人的人格魅力？

《西游记》里面，唐三藏抱负超凡，坚毅刻苦，学问精湛，孙悟空虽然天赋异禀，勇武仗义，但遇上挫折就会马上想到开小差，有些时候更可说心狠手辣，可为什么大家都喜欢孙悟空，唐三藏做过什么都不容易记得？

孙悟空是否比较容易使人代入？

故事都是通过各种角色，尤其是主角的遭遇，去展开故事情节，如何叙述故事中的人物性格和发展，是讲故事的重要技术。

一个人最了解的人是谁？可能是自己吧。人每天为了自己的事情左右思量，可是，讲述自己是一个怎样的人，有那么容易吗？

你最尊敬的人是谁？父母亲？为什么？你可以说的和旁人听到的，很可能是一大堆有关父爱和母爱的小故事，至于你父母亲是怎样的人？就是“你的父母亲”吧！

描述一个人物容易吗？

不容易！

又有多困难？

作为人类，我们究竟明不明白“人”呢？

当然可以说明白。我们在人类的社会中生活，每时每刻，相互间有非常多的交流、默契、沟通、认定……尤其都市生活规则繁多，若是真的不很了解，日子大概很难过得顺利。

当然也可以说不明白。我们常常在某些节骨眼上很惊讶地说："想不到他是这样的人！"人的问题，永远是最大的问题，我们真那么明白，烦恼就会少很多。

故事展开
有赖于人物塑造

Tell a
Wonderful
Story

当我们讲故事的时候，绝大部分状况都需要展现人性，而且还得表现出很了解故事人物的个性和经历的样子。

我们在这种了解与不了解的夹缝中，如何在故事中展现人性的精彩片段，从而令听故事的人得到满意的经验？又如何让故事中的人物成为我们展现故事的媒介和利器呢？

由于叙述的篇幅所限，故事人物都是以精练、糅合，甚至改造过的面貌出现，因此，故事里的人物跟我们在现实生活中接触的人多少会有不同，他们倾向于个性鲜明、行为果断、转变能力很强、处事反应也比较戏剧化。

这样的人物处理方式才容易辨识、认同和投入。

很多认识多年的亲友，个性如何你还说不清楚，为什么你花十分钟听完一个小故事、用两小时看完一部电影、用一天看完一本小说，你就觉得明白了里面的人物性格，有些还可以津津乐道，偶然会想起、提起？

如何让故事中的人物得到受众辨识、认同和投入？甚至被他们的人格魅力深深吸引，为他们的堕落、沉沦深深叹息，为他们的悲喜遭遇落泪或者欢笑？

首先，角色必须鲜明，不然大家就感受不到。角色没有辨识出来，又如何投入故事？角色鲜明也需要很多层次，你看《三国演义》如何写诸葛亮：

> 玄德见孔明身长八尺，面如冠玉，头戴纶巾，身披鹤氅，飘飘然有神仙之概。

这是一个太酷的人物了吧？想要跟其他角色混淆也不容易。

可是，你看《伊索寓言》如何形容主角狐狸：

> 一只狐狸想要把长在葡萄藤上的一串葡萄摘下来，但它试了很多次都摘不到，于是只好离开，并怨恨地说："那一串葡萄是酸的！一点也不好吃！我才不希望吃到呢！"

狐狸就是狐狸，没有跟你说狐狸是怎样的一种动物，也没有形容这是一只长相和性格有什么特征的狐狸，角色却同样十分鲜明。

《三国演义》是一部气势磅礴、人物众多的大戏，里面杰出人士多、献策谋士多，若是不把主角诸葛亮说得神气活现，就很容易被其他角色淹没，主角含糊，整个故事就会失去聚焦力。

在《狐狸和葡萄》这个寓言里，角色只有一个，也能够预期大众对狐狸都没有什么好印象，那已经足够了，其余的，交给读者去想象更好。

这样就产生一个问题："角色的描述如何才能恰到好处，既令人有鲜明的印象，又不失想象的空间？"

《红楼梦》对林黛玉的描述是这样的：

> 两弯似蹙非蹙罥烟眉，一双似喜非喜含情目。态生两靥之愁，娇袭一身之病。泪光点点，娇喘微微。闲静时如姣花照水，行动处似弱柳扶风。心较比干多一窍，病如西子胜三分。

虽然描写得非常有性格，但是若以现在的读者的心理节奏和期待来看，留给读者的想象空间似乎太小了一点。

要知道，故事中的人物写得不管如何鲜明，目的是让他们可以在受众的脑袋里面"鲜活"起来，那才是最终任务。

很多童书故事的角色就交代得非常简洁，例如：

小强回到家中，妹妹便问他：你怎么可以丢下你的朋友不管？

不多一言，就“妹妹”两个字，她什么长相、兄妹关系如何、家庭教育怎样、妹妹是否认识小强的朋友，几乎都没有交代，为什么呢？因为儿童的心思比较单纯，想象力比较丰富，没有必要每件事都说得那么细致，这样他们更加可以瞬间领略故事的整体意涵。过度描述一个角色，不但会令人厌烦，也会对故事产生投入障碍。

人物性格
需要冲击与变奏

Tell a
Wonderful
Story

传统戏剧理论常常强调故事角色的“平面化”和“立体化”的分别。一般来说，即认为所有角色都得性格鲜明，但是为了避免变成一个“脸谱化”的单调故事，我们得让主角比其他人更突出、更立体，使得他或者她的整体性格表现出来。人有光明面和黑暗面，同时呈现，角色性格才得以饱满，主角与众不同，受众自然会聚焦在主角身上。

可是，假若一味跟从这个理论，处理人性的时候也会容易流于机械化。

在今天，描写故事人物的方式往往倾向于首先适度地点出所有角色的鲜明个性，然后随着情节推进展现他们的内在矛盾性和复杂性，借此逐渐加深主角的人格魅力。

虚构故事里面的人物，因为经过浓缩提炼，所以常常具备以下几项特质：一、性格鲜明；二、反应敏锐；三、行为举止出人意表；四、性格转换迅速。

这些特质有别于大部分人处事含糊、知觉缓慢、固定重复、怯于冒险等性格，这样自然增加了故事中人物的趣味性和人格魅力。

我们形容“故事是什么”的时候，曾经提过：

“故事的内容，常常是一连串的各种变化，由各种变化本身带动受众的感受和反应，所以，故事里面的世界通常是由变化去理解事物，跟我们日常生活非常不一样。”

所以，一开始听一个故事，也会无形中有一个“主角会遇上大事”的潜在认知，这个认知的后果，常常就是主角展现出跟起初面貌不一样的变奏，可能变成大英雄，可能堕落邪恶，也可能最终领悟人生。

有一点要记住，就是故事人物最终必然会经历性格上的冲击与变奏，这样大家才会更加明白。假如每个角色不能得到鲜明的描述，当故事情节出现变奏，故事人物产生性格变化的时候，听故事的人如何跟得上呢？可能会觉得突兀和一头雾水，思绪因而离开了故事。

从天真者到魔法师的六种人格进程

Tell a

Wonderful

Story

如何掌握人物的人格变奏呢？

这当然需要智慧，必须对人性有相当的理解，而同时拥有艺术性的表现技巧。

这几百年来，心理学家对人性的内在和变奏有很深入的探索。大师级人物弗洛伊德、荣格、罗洛·梅、阿德勒等，其探索方向及研究结果很有参考价值。当代学者当中，我觉得美国学者皮尔森（Carol S. Pearson）在《内在英雄》（*The Hero Within*）一书里提出的六种人格发展原型对学习讲故事的人会很有启发。

六种人格发展进程是这样形容的：

1）天真者（Innocent）：内心单纯地相信世间的正义和美善。

2）孤儿（Orphan）：可以说是天真者受挫之后的状态，内心被世间的黑暗面笼罩着。

3）流浪者（Wanderer）：处于一种矛盾心态，未能解脱之下，茫然寻觅，探索周围。

4）战士（Warrior）：找到自己的奋斗方向，努力前进。

5）殉道者（Martyr）：为了完成更高阶段的目标，不惜牺牲个人的喜恶和当初最珍惜的东西，甚至生命。

6）魔法师（Magician）：掌握了改变现实、超越常人的能力。

我们看看下面这个故事，试试用六种人格进展过程，套入参考一下：

第二次世界大战后，迈克刚刚从军中退役回家，满怀正义感，打算跟当教师的女友结婚，从此安稳过日子。但是，这好像很不容易，迈克的父亲维托，正是当时纽约五大黑帮家族之首。果然，迈克回家不久，维托就因为拒绝涉足毒品买卖被毒枭索拉索暗杀。维托被送到医院急救，迈克赶赴探望，竟然发觉所有保镖都被遣走，而敌对的杀手却赶至，幸好迈克设计吓走杀手。岂知纽约警长很快出现，企图驱赶迈克，迈克为了救父，不肯离开，并痛斥他："你收了多少钱？"换来的是被警长当场痛殴。长兄逊尼及时率众而来，才得以解围。

迈克为解家族之危，假装求和，约毒枭索拉索和纽约警长见面，实则设局，出其不意，亲手杀了他们。

之后迈克逃到父亲的老家意大利西西里避风头，受到严密保护，终日百无聊赖，直至他邂逅了当地一个清纯美女，两个人很快成婚。

可惜好景不长，纽约黑帮互相激烈厮杀，迈克的父亲维托虽然逐渐恢复健康，长兄逊尼却被设局乱枪扫射而死。远在西西里的迈克也不能幸免，敌人买通他的贴身保镖，在他车里装上炸弹，企图炸死迈克，他美丽的妻子竟然意外地成了替死鬼。

老教父维托决定让出部分利益给其他家族以换取迈克回美国的家，于是迈克在心灰意冷之际，回来接手家族事业，并且迎娶了原来的女友。

老教父离世之前，叮嘱迈克："谁提出谈判，谁就是叛徒。"维托相信长子逊尼的死极有可能是另一黑手党家族所为，他们也一直对迈克虎视眈眈。维托的葬礼上，五大家族都露面了，迈克的一个重要心腹这时果然提出了会面建议。

迈克继承了教父的位子，假装中计，在妹妹儿子的宗教洗礼仪式进行时，安排杀手同时清除五大家族中的所有重要敌人。

随后，迈克清除了内奸，包括他的妹夫。迈克首先诱骗他，劝他坦白从宽，等他承认了曾经与敌人串通杀害逊尼后，迈克下令手下缢死他。

迈克走向了一个截然不同的人生。

故事来自电影《教父》第一集。这部电影算是经典中的经典，很多人都认为是电影史上最好看的电影，故事的内容、情节、人物塑造都很突出，当然也成为很多电影人的灵感源头。

这个故事，很容易套入“六种人格原型进程”去解释和理解，简直是完美示范。

当然，不是每个人、每个故事都有机会完成这六个阶段的彻底转化。对于大部分人，从**“天真者”**转变成**“孤儿”**这种心态，会很容易有所体会，因为家庭教育和学校教育都倾向于讲述社会“应该如何”的一面，当我们有机会接触到社会真实的状况时，很容易就会不知所措。

试想，下面的小故事是否很普通：

志明生长在一个小康之家，虽然学业成绩平平，但因为性格乐观爱助人，自小得到师长和同学的喜爱。

专业文凭课程毕业之后，一个和他很投缘的老师介绍他进入一家工程公司当实习生。志明在试用期时，上司已经开始带着他去赌场、舞厅，花费不菲，还为他买单。志明满足了最初的好奇心之后，也开始担心，他几次把这些事情告诉老师，老师只叫他尽管享受。终于有一天，志明发觉这家工程公司原来牵涉很多贪污腐败事件，那个道貌岸然的老师作为公司顾问也从中得益不少。志明立刻离开了这家公司，之后的两三年间，他换了几份工作，发觉社会根本不重视无权无势的年轻人，也不容易找到一份自己喜欢又有前途的工作，出卖尊严乃等闲事，买一个属于自己的小公寓更困难。于是，他决定趁着自己还年轻，申请去澳大利亚工作度假一年，见识一下外面的世界，也好好思索一下自己的未来……

对于年轻人，由家庭、学校这个受保护的育成阶段走进成人世界这样一个复杂生态，如果不顺利，便很容易深受挫折，产生受害者的孤儿心态。有些人比较不幸，孤儿心态来得更早，年纪很小已经遭到欺凌和虐待。

社会上没有对善良美好过分憧憬的人很少；没有因为个人受挫从而对社群整体失望的也很少。

这个由育成阶段到成人阶段的人格发展原型：**天真者——孤儿**，是最容易得到辨识、认同的。基本上，有多少无知和天真，到头来就有多少挫败。很多故事中人物由正派变成反派的过程，常常运用了这个人格原型的转变。

流浪者心态，便是一个疗愈、探索、自省的过程，假若可以脱颖而出，便会成为有奋斗目标的**战士**，社会上大部分成功人士其实可以归类为获得不同战绩成果的战士。

流浪者的人格原型可以很漫长，也同时会出现天真者和孤儿的各种情绪反应。大部分励志故事的结局都是主角成为一个成功的战士，因为这样比较容易得到一般人的理解。

殉道者的阶段，很容易被讲故事的人误解，认为只是作为战士的一种努力，但是“殉道者”其实是可以为了目标牺牲原本最珍惜、最坚持的东西，这并非一般人可以理解，因为普通人都会贪生怕死、好逸恶劳，难以做到坚持原则。像《教父》中的迈克，他本来出淤泥而不染，坚持善良、正义，到最后为了家族事业，为了复仇，牺牲了最珍惜的坚持，也顺利成为一个可以扭转乾坤的**魔法师**——一个新形态的黑社会教父。这种经验包含很大的人生转折，需要十分细致的心理描述。

我们怎样运用“六种人格发展原型”来讲故事？这当然深具参考价值，但是我们没有必要硬生生套用在故事中人物的人格特质的变化上。实际人生也复杂得多，一个人的行为特质会往返变动，我们仅仅可以抓住主要脉络，加以形容，换句话说，**“六种人格发展原型”也只是一种虚拟的叙述而已。**

冲突不止，故事不息

Tell a
Wonderful
Story

我们说过，“故事的内容，常常是一连串的各种变化，由各种变化本身，带动受众的感受和反应，所以，故事里面的世界，通常是由变化去理解事物”。为什么呢？因为人生本来就处于不停的变化当中。这个也是“没有冲突，就没有故事”的原因。因为每个人只要生存于世就离不开需求，未能满足的需求便称为欲望。人类的喜乐、悲哀、恐惧、愤怒、贪婪，种种矛盾挣扎，莫不可以归纳到需求与欲望是否得到满足的状态。

人的内心可以说存在着无休止的需求，每个不同人生阶段，时空、位置、坐标改变了，欲望与需求也会跟着改变。

每个人的成长过程，因为遗传因子、生活环境、教育环境、特殊际遇等不同的因素，经过社会化、个体化的历程，使每个人独一无二的特殊性和欲望越来越明显地表现出来。人类世界也根本离不开“欲望与冲突”的呈现。

人类绝大多数时间都处于欲望未能满足的状态，欲望本身还会随着处境转变，不断变化，甚至不停膨胀，人与人之间，也因为争取满足欲望的过程发生竞争、矛盾和冲突，这似乎是人类的宿命。

每个人的内在已经如此充满着冲突和矛盾，那么，人与人之间的冲突数不胜数自是必然的事。正如庄子在《齐物论》中所说：“一受其成形，不亡以待尽。与物相刃相靡，其行尽如驰，而莫之能止。”人自出生以来，成为独立个体，便与外物外事产生不同的矛盾和冲突，难以逃避。

因此，讲故事的人的眼界和内在涵养，应该放到一个更高的层次，把人看得更加有深度和广度，那就是一定要看到：

无论人性内在、人和人之间存在着多少不同、矛盾和冲突，一种希望走向互相联结、达到和谐的内在力量却也在同时运行，唯其如此，人类的故事才更有趣，也更有价值。否则，人类早就分崩离析，变成像花豹一样优雅而孤僻的独居动物。人性内在其实存在着多面性，深不可测、暧昧不明、变幻莫测、矛盾纠结、渴求不息，却又在深处互相联系。

故事叙述力量的呈现就是把这种特殊面貌概括勾勒，带给听故事者心灵触动，从而产生日常生活中所缺乏的鲜活感觉。

讲故事的人、故事中的人物和听故事的人，他们三者之间常常可以借着故事里的冲突和矛盾，构成一种奇妙的深层联系。人性的深层样貌会因为遭遇激烈的冲突浮现出来，这正是最容易让听众产生好奇心及同理心的要点。

人性的矛盾和冲突既然永不止息，故事发生的动力，也就同样永不止息。

Points of This Lesson 知识点温习

故事展开有赖于人物塑造

- 故事都是通过各种角色，尤其是主角的遭遇，去展开故事情节，如何叙述故事中的人物性格和发展，是讲故事的重要技术。
- 当我们讲故事的时候，绝大部分状况都需要展现人性，而且还得表现出很了解故事人物的个性和经历的样子。
- 故事中的人物写得不管如何鲜明，目的是让他们可以在受众的脑袋里面“鲜活”起来，那才是最终任务。

人物性格需要冲击与变奏

- 虚构故事里面的人物，因为经过浓缩提炼，所以常常具备以下几项特质：一、性格鲜明；二、反应敏锐；三、行为举止出人意表；四、性格转换迅速。
- 有一点要记住，就是故事人物最终必然会经历性格上的冲击与变奏，这样大家才会更加明白。

从天真者到魔法师的六种人格进程

美国学者皮尔森（Carol S. Pearson）在《内在英雄》（*The Hero Within*）一书里提出的六种人格发展原型对学习讲故事的人会很有启发。

六种人格发展进程是这样形容的：

1）天真者（Innocent）：内心单纯地相信世间的正义和美善。

2）孤儿（Orphan）：可以说是天真者受挫之后的状态，内心被世间的黑暗面笼罩着。

3）流浪者（Wanderer）：处于一种矛盾心态，未能解脱之下，茫然寻觅，探索周围。

4）战士（Warrior）：找到自己的奋斗方向，努力前进。

5）殉道者（Martyr）：为了完成更高阶段的目标，不惜牺牲个人的喜恶和当初最珍惜的东西，甚至生命。

6）魔法师（Magician）：掌握了改变现实、超越常人的能力。

用冲突表现人性

- 无论人性内在、人和人之间存在着多少不同、矛盾和冲突，一种希望走向互相联结、达到和谐的内在力量却也在同时运行，唯其如此，人类的故事才更有趣，也更有价值。
- 讲故事的人、故事中的人物和听故事的人，他们三者之间常常可以借着故事里的冲突和矛盾，构成一种奇妙的深层联系。人性的深层样貌会因为遭遇激烈的冲突浮现出来，这正是最容易让听众产生好奇心及同理心的要点。

Tell a

Wonderful

Story

Tell a
Wonderful
Story

04

Lesson

第四课

展现情节的力量

故事的情节其实就像在宇宙无限空间中勾画出一组星系，大小不一，形态各异，坐标不同，但默默演绎着同一个隐喻。

故事情节的推展，也有着一种比较精练的戏剧性节奏，有别于日常生活杂乱并陈的真相；故事的推展，常常也需要有一种既扣紧听众注意力，又出人意料的推展节奏。

富有 节奏感的情节

Tell a
Wonderful
Story

情节，便是开展故事的路径。

故事里发生了什么事情？如何展现？怎样令故事中的人物发生内心变化？如何由故事开头，层层相扣，抓住听众的注意力，然后给出一个合理和精彩的结局？

大家可以留意一下，前面提到的几个小故事：《曾国藩与小偷》《史泰龙的奋斗》《狐狸与葡萄》，短短几十字到几百字，情节都很扎实，而且经过用心铺排。

理论上，故事里面的人物和情节都应该是独特的最佳

组合：这样的人，遇上这样的事情，才会这样反应；这样的事情发生，才会令这样的人将情节带去这个方向。

气势磅礴的大电影像《指环王》，加起来几乎要看上十个小时，故事必须很丰富，人物和情节也需要高技巧的处理。一般小故事，人物和情节的组合只能单线处理，比较长的故事，生态需要更丰富，众多人物与情节会多线发展、交叉互动，展现各种矛盾冲突，从而营造故事的张力。

情节的设计需要一条核心主线，核心主线通常跟着故事主角展开，充分表现出故事的主题和信息。情节的铺陈也得紧紧带领着听众的思绪。

故事的情节其实就像在宇宙无限空间中勾画出一组星系，大小不一，形态各异，坐标不同，但默默演绎着同一个隐喻。

故事情节的推展，也有着一种比较精练的戏剧性节奏，有别于日常生活杂乱并陈的真相；故事的推展，常常也需要有一种既扣紧听众注意力，又出人意料的推展节奏。

必备的五个情节阶段

Tell a
Wonderful
Story

英国作家克里斯托弗·布克（Christopher Booker）在《七个基本情节》（*The Seven Basic Plots*）一书里，对故事提出了一种五段式情节进展结构，很有参考价值，这里介绍一下。

一、Anticipation Stage（期待阶段），初步介绍人物、背景、矛盾冲突的发生。

二、Dream Stage（幻象阶段），事情进展顺利，好像都可以解决，其实只是幻象。

三、Frustration Stage（受挫阶段），正面看到真正的大险阻，前一阶段的幻象破灭。

四、Nightmare Stage（噩梦阶段），故事进入高潮，一切逐渐又看似绝望。

五、Resolution（决定性结局），故事中的英雄克服险阻，通常是同时克服了个人内心的弱点或困扰。

我们就用下面的故事分析一下五段式情节进展如何展现：

晚上八点半，最精彩的高空跳水表演即将开始，这是海洋乐园周末特别节目，大家都知道，所以跳水高台旁边等待的观众很多。

"这个表演很难得啊，但会不会很危险？"

"我不敢看，太恐怖了！"

"我会拍下来，万一等下出了意外，我这段片子可值钱了！"

这时候，背景音乐突然变得紧凑，又蓦然停止，一团白光照射着跳水池，穿着红色游泳衣的史黛拉轻快上场，向大家挥手。

她爬上通往跳水台的高高的梯子时，灯光一直聚焦在她身上，跳水台整整有二十米高，地上的观众抬头只能看到一个小红点。

这时候，司仪一边讲述这是一项多么危险的表演，助手一边拿着燃烧着的火把将汽油慢慢倒在水面上。

助手向高台上的史黛拉喊了几声“可以了！”，却得不到回应。

观众都有点奇怪。

过了好一会儿，高台上喊出一个暗号，助手听到暗号，立刻用火把点燃汽油，一团团火焰迅疾在水面升起，史黛拉这时突然从高空一跃而下，穿过水面上的火圈，瞬间失去了踪影。水花四溅，火焰被她的身体冲散了，然后渐渐熄灭。她毫发无损，缓缓从水里冒出来，在掌声中爬回岸上，一再向全场的观众鞠躬致谢。

如雷掌声中，司仪宣布下一场表演会在一个小时后开始。

史黛拉回到化装室，换上便服，瘫软在沙发上。

那个负责点燃火焰的助手这时兴高采烈地走进来说：“史黛拉，经理说观众的反应很好，他要跟我们续约，想让我们一直演到暑假结束！”

他正是史黛拉的丈夫。

“噢，史黛拉，你怎样了？”

“今天晚上，我不想再演了。”她突然泪流满面，告诉他，“我很害怕。”

丈夫柔声说：“可是，史黛拉，要是我们没有了这笔收入怎么办呢？一个礼拜表演几次就足够我们两个人生活，剩下的钱还可以存起来。亲爱的，我知道你是全世界最勇敢的女人，你做得到的。何况，我们也不能毁约，如果毁约，以后就没有人相信我们了！”

“我真的害怕，我不想死！”

“我们现在很红呢，以后可不一定有这种机会！”

“你为了钱宁可让我去死吗？”

“天哪！别说傻话！我怎能没有你？你现在是有名气的艺人，你得想想这会影响你的名声。”

史黛拉忽然带着愤怒狂笑起来：“有卖命的名气吗？我真的太可怜了，不行，我不能再演了。”

“你是说今晚？嗯，好的，那我就说你身体不舒服，这应该没有问题。”

“我不是说今晚，是说以后也不演。可别以为我在撒娇，我心里常常想着这事，睡不好，做梦也见到自己站在高台上往下望，刚才我的腿不停地抖，心里空荡荡的，几乎跳不下去，你知道，我只要一不留神，身体就会受伤，如果你爱我，你绝不会再让我受这种苦。”

他听着摇头叹息，眼眶里满是泪水，他既惶恐，也深爱她。

“我只是不想我们再回到一年前那种日子。”

史黛拉曾经是国家游泳代表队队员，她当上游泳教练时认识了他，他是个很不受欢迎的游泳教练，却很受女同事喜爱。他们俩都厌倦了在游泳池边讨生活，婚后，他们开了一家教授社交舞的舞室，日子过得很辛苦，珠宝首饰、白金戒指和所有值钱的东西全都典当了。

幸好他们依然恩爱。有一天，他心血来潮想出这个精彩的表演点子，于是四处联络各个游戏乐园，并且拿到丰厚的酬金。从那以后，他们到处演出，这也是他们到目前为止最富裕的日子。

他其实很心疼她。他们曾经共患难，这使他越加爱她。她眼睛里的痛苦神色却使他不敢直视。

她怯生生地伸手碰他的肩膀，他叹了口气：

“我们才刚刚还清了所有债务，要是不再演出，我们就得搬出现在的家，住一个小套房，这你知道的。”

“我不在乎，我可以去卖游泳衣。”她又哭起来。

“别哭了，我要心疼死了。”

他抱着她哭了，他突然有种冲动，管他什么赚多少钱，万一她真的出意外怎么办？

史黛拉忽然微微抽动了一下。

“亲爱的，你还好吧？”

“我想我应该去换衣服和补点装了。”

“不是说不演了吗？”

“不！我要一直演到合约完结。还有其他办法吗？你说得对，我也不能再过到处借钱、一份麦当劳两个人吃的日子了，我们就在这儿继续演到暑假结束，多攒点钱，然后再想办法好了。”

“不行！我不能看着你再受这种苦，别演了，我们以后总可以过日子的，大不了回去教游泳。”

她脱掉身上的衣服，赤裸裸地望着化妆镜，拿出一件干净簇新的粉红色游泳衣穿上，苦涩地微笑：

“我一定不会让我的观众失望。”

这个故事改编自英国著名小说家毛姆的短篇小说《艺

人》，我们尝试用“五段式情节进展”套入内容看看：

一、介绍海洋乐园观众的一些期待心态和女主角演出前发生的小意外。

二、史黛拉的演出非常成功，乐园的经理要跟他们续约。

三、史黛拉的恐惧心理突然出现，向丈夫表明今晚不想再表演。

四、丈夫拼命安慰史黛拉，史黛拉的态度却变得更强硬，表示要退出艺人行业，她既厌倦，又害怕失手，看似不会妥协。

五、丈夫开始心软，答应了让她退出，史黛拉这时却坚持表演。

到这里，我们会产生两个问题：

一、怎样运用“五段式情节进展”？

二、生硬套用，是否反而会扼杀故事的创意？

学会简化，不强行使用技巧

Tell a
Wonderful
Story

故事是人生的隐喻，每个精彩故事都蕴含丰富的内在生态，直线式的“五段式情节进展”，只能算是一种粗糙的技巧，然而，这个技巧对于学习者无疑深具启发性，因为它提供了一个引领听众注意力和兴趣的基本概念，示范了如何不断产生有衔接的冲突矛盾，保持故事张力，甚至令张力持续加大。

普通的小故事，常常只包含三段情节进展：

名人故事：某某从小生活艰难困苦——经过不懈努力和付出——终于有所成就。

爱情故事：两个人本来有不同的个性——经历各种考验——白首偕老。

国家故事：人民本来像一堆松散的沙子——共同面对危机——建设取得成效，继续向前。

励志故事：面对貌似无法解决的难题——不同凡响的正能量心态——超越普通人的成就。

悲剧故事：看似幸福的状态——碰上不可逆转的苦难——所有努力成空。

这种三段式故事进展结构跟中国传统文章四段式“起、承、转、合”有相似之处，现代人习惯极速节奏，不耐烦故事开端的过度铺陈，所以若将“起、承”压缩到一段“开端”，那开端——转折——结局便是三段式了。

五段式的情节进展就比三段式精彩多了。

就拿第一课我讲过的小时候的老师的故事为例，这个故事大纲是这样的：

第一段：新手老师碰上顽劣的学生；

第二段：新手老师有秘密武器；

第三段：所有学生得益。

作为一般现实小故事，这个故事已经有足够的情节、足够的转折、足够的信息、足够的余韵。

可是，假若我们希望这个故事更具戏剧性，传递更丰富的信息和感情，原来的故事就显得单薄了些。

我们试试用五段式情节进展来改编这个故事。

第一段：个性消极的老师辞职，新来的老师接手了这群顽皮的学生。

第二段：新手老师利用讲故事的方法控制课堂的秩序，顽皮的学生们成绩进步，老师受到表扬。

第三段：新手老师受到鼓励，进一步提议学校举办音乐剧比赛，谁知却引起其他老师的嫉妒。音乐老师设下陷阱让新手老师的学生严重违反了校规。学生被陷害，变得更叛逆，又开始常常捣乱，她的课堂秩序恢复混乱。

第四段：学校要将一个犯规最严重的学生停学，新手老师拯救不了，只好递上辞呈，并打算以后不再当老师。

第五段：学校召回上一任老师，原来她是校长的表亲，然而，在跟这位新手老师交接期间，她被她的真诚深深感动，并且鼓励她继续努力，宁可自己失去职位。新手老师因此重新振作，校长也检讨自己，给予犯错学生一个机会。

大家应该很容易感觉到故事由三段式发展到五段式的丰富变化，它并不单单是一种机械式的直线增强，也同时做到整体故事生态的丰富。

我们再回头看看《艺人》这个故事，它有没有好好运用“五段式情节进展”？

严格来说，它缺乏了第二个“幻象阶段”，顺序上，它只是轻轻带过：

“史黛拉，经理说观众的反应很好，他要跟我们续约，想我们一直演到暑假结束！”

倒叙时这样补充：

幸好他们依然恩爱。有一天，他心血来潮想出这个精彩的表演点子，于是四处联络各个游戏乐园，并且拿到丰厚的酬金。从那以后，他们到处演出，这也是他们到目前为止最富裕的日子。

这样简单的处理，当然会影响到故事的吸引力和丰富性。

当故事情节逐步推展，每一个大环节都会牵动听众的情绪变化，而每个大环节之下还有各种小情绪，所以，主体意识应该非常清楚，含糊不清的话，便容易跟上一个阶段混淆。分析《艺人》这个故事，大家会发现，它只有四段式情节进展。我挑选这个故事作为范例，也是因为故事主轴虽然是描述心理变化，转折也看似平淡，但还是能清楚地看出阶段式的情节进展。

要是我们将“五段式情节进展”套用到矛盾和冲突更

清晰的侦探故事、历险故事中，那就轻而易举。例如：

第一阶段：命案发生，侦探介入，发现五个嫌疑人；

第二阶段：侦探循着特殊线索，在五个人之中找出嫌疑最大的一个人；

第三阶段：嫌疑最大的人畏罪自杀，大家都觉得可以结案了，只有侦探内心深处非常不安，总觉得有更大内情，这时候，剩下的四个嫌疑人中的一人突然受到袭击，于是侦探知道案件里面有更多秘密；

第四阶段：四个嫌疑人逐一受到生命威胁，侦探为了保护其他嫌疑人也差点被杀，最后，其中一个人临死前告诉了他一个令人震惊的秘密……

第五阶段：侦探设计让真凶现形，真凶原来是和侦探一起办案的同僚（或是上司），其中牵涉一个犯罪集团，同僚（或是上司）是首脑。

我们必须明白一个故事里每一个重大的环节也起着承前启后的作用。

例如上面这个侦探故事，假若第一阶段铺陈混乱、主角缺乏魅力、命案没有悬念，到第二阶段就好像破了案，听众不会松一口气，也不会认同主角。要是第二阶段表现不出主角的能力和毅力，听众会很容易分散注意力。那么，到了第三阶段，听众就很难对主角的挫败生起同理心，对悬念也不会感兴趣。第四阶段是整个故事的高潮，危机更大，听众的情绪更高涨，假若前面三个阶段的故事没有讲好，听众早就巴不得故事快点完结，这个阶段反而变得沉闷。第五阶段的结局，只要设计精妙，自然会在听众心中留下深深的余韵，反之，若结局不合理，最后这一败笔会拖垮整个故事。

所以，不管故事有多少重大的阶段和环节，每个环节都需要掌握好。有些故事的结构很简单，却还是可以感动听众，听众会被故事一直牵引着，心情起伏。有些故事，浑然天成，不需要运用任何推展情节的技巧，硬是要使用技巧，只会窒息了故事。

真实人生的多面性远比故事情节复杂得多，但是，转

述的时候，往往需要用技巧去简化整理，“五段式情节进展”便是很好的工具。

对于结构宏大的创作故事，“五段式情节进展”就仅具参考意义，创作本身是重新组织，或是打破一些常规，没有必要生硬地套用公式。事实上，“五段式情节进展”也可能不足以表达众多复杂矛盾的情绪转换。

纸上谈兵的，只能做评论者

Tell a
Wonderful
Story

英国作家克里斯托弗·布克在《七个基本情节》一书里，有一种有趣见解，他认为世界上所有的故事都离不开七个基本情节，这里简单介绍一下：

一、Overcoming the monster（战胜恶魔）：面对一种极度危险、具毁灭性的恶魔，历尽险阻，最终战胜。

二、Rags to riches（白手起家）：从无到有。凭着努力和幸运，摆脱贫困，梦想成真。

三、The quest（探索旅程）：为了一个类似于寻找宝藏的目标，一帮人因为不同的理由组织起来，过程中经常会遇到另外一帮跟他们目标不同的反面人物，让寻宝过程变得更困难。当一切看似陷入绝境，全靠英雄人物发挥能力和创意，排除万难，完成目标。

四、Voyage and return（远离与回归）：英雄人物为着崇高目标离家远游，途中遭遇重重险境和诱惑，最终通过考验，回家的时候，对人生已经有更深刻的体悟。

五、Comedy（喜剧）：故事中的人因为误会或者错失机会，遇到危机，后来克服了性格缺陷，达到美满结局。

六、Tragedy（悲剧）：故事中的人虽然拥有人性中一些美好的特质，却因为性格上的缺陷，或者环境的不幸因素，无论怎样努力都是徒然，最终陷于险境。

七、Rebirth（重生）：本来处于一个看似无望的生活环境，凭着个人的信念、特殊的能力或者特殊机遇，破解了外在环境的操控，迎接新生。

当我们要说的是一个内容比较丰富的故事时，《七个基本情节》的这套方法肯定能帮助我们掌握故事主干，这七个不同类别的故事情节也同时演绎出七种不同的故事力量，例如喜剧，很多人会认为正面的故事结局便是喜剧，但是，在《七个基本情节》里，作者告诉你，只因为本来很安全的故事中的人出现某些误差，才会陷入危险。听众通常很少认为故事中的人真的会遇难，反而会欣赏他们是如何脱离险境的，欣赏故事的过程因此轻松愉快，当故事中的人物改善了原来的缺点，愉快的气氛更会推到高潮。**“喜剧”**是指氛围，而不单单是形容结局，喜剧中产生的困扰和转折得到克服之后，结局的喜剧氛围就更强烈。

“悲剧”同样也不单单是指故事的结局走向悲惨，悲剧因子在于故事主角有一种内在的缺陷，尽管这个人也拥有其他优点，可是，努力挣扎之后却还是逃不出悲惨的下场，这样一个无助的处境才令人感到无比难过。

“白手起家”和**“重生”**两种情节都有从劣势逐渐走向优势的特质，因此有些人会混淆两者，其实“由贫至富”

的倾向是一种社会身份上的改变，例如由运输工人变成拳王，由小厨师变成大饭店老板，等等，“重生”则是处境上的逆转，例如重获自由、摆脱厄运，从看似绝望无助的困境中翻身。“白手起家”的故事人物，可能穷得很快乐，只需要面对贫穷的难题，可是，当他由贫变富，却要面对新的烦恼和难题，只有当他克服了种种难题，才能达到完满的结局。“重生”则困惑得多，过程中通常会穿插一些主角自以为逃开了却原来陷得更深的情节，直至得到新生，才算完满结局。

“战胜恶魔”与**“探索旅程”**也有相似之处，同样是一个很有目标性的战斗旅程，不同之处是“战胜恶魔”通常面临很多紧张的危险处境，整体行为有强烈的救赎意涵，恶魔则绝大部分都被形容为只有主角英雄可以消灭，消灭的过程却又是九死一生。在战斗的旅程和过程中，主角英雄会碰上指导他的智者，让他得以提升，也会遇上伙伴、弱者、爱人和叛徒，由此带来考验和成长。“探索旅程”则通常会导向一个生命的重大秘密或宝藏，过程中往往敌友难分，惊险不断。

“远离与回归”的古代故事原型是希腊神话《奥德修斯》（*Odysseus*），主角英雄历尽艰辛，走过生死，才得以回到家中，同时也对生命有了深刻的领悟。这种故事重视旅程中的奇想和遭遇，故事本身因此容易变得松散，每次进入一个新的阶段，也需要设计不同层次的挑战，情节必须惊险、有趣，不断出现新的人物和新事物，否则就会冷场。

总括而言，情节是“如何发生”和“如何引领”的艺术，一开始学习讲故事，可以参考各种技术理论。然而，故事创作的能力是很个人的事，通过创作者的内在触动、见闻、想象、数据搜集、组织艺术等，才真正变成一个精彩的故事。**情节的处理技术也是讲故事的关键技术，需要多想和多做，**纸上谈兵的，只能做评论者。

Points of This Lesson
知识点温习

如何展现出富有节奏感的情节

- 理论上，故事里面的人物和情节都应该是独特的最佳组合：这样的人，遇上这样的事情，才会这样反应；这样的事情发生，才会令这样的人将情节带去这个方向。
- 情节的设计需要一条核心主线，核心主线通常跟着故事主角展开，充分表现出故事的主题和信息。情节的铺陈也得紧紧带领着听众的思绪。
- 真实人生的多面性远比故事情节复杂得多，但是，转述的时候，往往需要用技巧去简化整理，“五段式情节进展”便是很好的工具。
- 情节的处理技术也是讲故事的关键技术，需要多想和多做，纸上谈兵的，只能做评论者。

必备的五个情节阶段

英国作家克里斯托弗·布克（ Christopher Booker ）在《七个基本情节》（*The Seven Basic Plots*）一书里，对故事提出了一种五段式情节进展结构，很有参考价值。

一、Anticipation Stage（期待阶段），初步介绍人物、背景、矛盾冲突的发生。

二、Dream Stage（幻象阶段），事情进展顺利，好像都可以解决，其实只是幻象。

三、Frustration Stage（受挫阶段），正面看到真正的大险阻，前一阶段的幻象破灭。

四、Nightmare Stage（噩梦阶段），故事进入高潮，一切逐渐又看似绝望。

五、Resolution（决定性结局），故事中的英雄克服险阻，通常是同时克服了个人内心的弱点或困扰。

七个基本情节

克里斯托弗·布克认为世界上所有的故事都离不开七个基本情节：

一、Overcoming the monster（战胜恶魔）：面对一种极度危险、具毁灭性的恶魔，历尽险阻，最终战胜。

二、Rags to riches（白手起家）：从无到有。凭着努力和幸运，摆脱贫困，梦想成真。

三、The quest（探索旅程）：为了一个类似于寻找宝藏的目标，一帮人因为不同的理由组织起来，过程中经常会遇到另外一帮跟他们目标不同的反面人物，让寻宝过程变得更困难。当一切看似陷入绝境，全靠英雄人物发挥能力和创意，排除万难，完成目标。

四、Voyage and return（远离与回归）：英雄人物为着崇高目标离家远游，途中遭遇重重险境和诱惑，最终通过考验，回家的时候，对人生已经有更深刻的体悟。

五、Comedy（喜剧）：故事中的人因为误会或者错失机会，遇到危机，后来克服了性格缺陷，达到美满结局。

六、Tragedy（悲剧）：故事中的人虽然拥有人性中一些美好的特质，却因为性格上的缺陷，或者环境的不幸因素，无论怎样努力都是徒然，最终陷于险境。

七、Rebirth（重生）：本来处于一个看似无望的生活环境，凭着个人的信念、特殊的能力或者特殊机遇，破解了外在环境的操控，迎接新生。

Tell a

Wonderful

Story

Tell a
Wonderful
Story

05

Lesson

第五课

叙事观点：讲故事的第一关

采用什么观点，即用谁的脑袋和视界去讲故事。

说到底，故事的最终呈现是在每个听众的内心。

“叙事观点”这种技术的目的是更有效地发挥故事的内在力量。有些时候，刻意改变了本来的叙事观点，也应该提醒自己如何发挥选定了的叙事观点的优点。

先决定
用谁的脑袋去讲故事

Tell a

Wonderful

Story

传统教授讲故事技巧的书籍常常会把“叙事观点”放到第一章，认为这是讲故事的人第一个需要解决的问题，这是因为：

采用什么观点，即用谁的脑袋和视界去讲故事。

“先思考用哪个观点讲故事是第一关”的说法，其实非常有技术性，一些浑然天成的小故事几乎完全没有如何处理叙事观点的问题。

举个例子，下面是我在说自己的事：

童年懵懂的我，以为生活本身便是如此，童真的心自然会找到快乐的出路。从几岁开始，为大人跑腿去买点小吃，从家门口走到街上，沿途碰到醉酒的嫖客、挨打的赌徒、受伤痛哭的妓女、凶恶横蛮的黑社会大汉，都会习以为常……

自己的故事，自然会用“我”来说，不是自己亲身经历的，也自然会说“妈妈告诉我……”“后来才知道……”“有一个谣传……”，等等。讲别人的故事，自然不会用“我”，而用一个客观叙事观点，例如：

她姓袁，一张小脸，尖尖的下巴，蓄着两条可爱的辫子，一眼便看出是个模范学生。小学二年级那年，他俩就读的公立小学只取录了三个插班生，他跟她便是其中两个。因为是插班，没有以往的成绩单，三个孩子被编到成绩最差劲的一班，三个人就坐在一块儿。

从小学三年级开始，他和她又一起被编进成绩最好的精英班。他比较顽皮，老师都爱把他的座位排在她旁边，安排她监督和教育他。儿时的他缺乏关爱，却因此每天上学都很高兴，即使有时他犯了错，被她举报受罚，他也不恨她。每次因为欠交作业被老师重重打手掌，听到她温柔地问："还痛吗？"他心里居然还是甜甜的。

小学五年级那年，春节过后，上课三四天了，他旁边她的座位却还是空空如也。从此以后，他再也没见到她……

当然，讲故事的人也可以玩弄一下叙事观点技巧，在故事结尾处才点明："那个他就是我，那个她，是从此失踪了的我的一部分"，或是"那个他便是我父亲，那个她是我母亲"。前面第二课中史泰龙在好莱坞的奋斗故事，也是在结尾才点出：这部电影叫《洛奇》，这个当年的年轻人叫史泰龙。

即使一开始是用客观叙事观点，好像在说别人的故事或者创作的故事，最后也一样可以点出原来是亲身的经验。相反，用“我”来叙述的故事，也可能是虚构的，或者是别人的故事，只是为了可以跟听众拉近距离，希望听众能更仔细地体会，所以用了叙事观点的技巧，说成是“我”。到这里，我们已经知道“叙事观点”这种技术的目的是更有效地发挥故事的内在力量。有些时候，刻意改变了本来的叙事观点，也应该提醒自己如何发挥选定了的叙事观点的优点。

那么，技术上，我们有多少种叙事观点可以运用呢？这有很多说法，最基本的，有下面三种。

一、第一人称观点。

即用“我”来叙述，可能是亲身经历，也可能只是从故事里的其中一个角色的内心出发，故事发展全属于“我”的所知所感。

二、全知观点。

即假设讲故事的人知道了故事世界里的一切，然后挑选最重要和有趣的片段告诉你。

三、第三人称观点。

介乎“第一人称观点”和“全知观点”之间，由一个“他”的主角的观点叙述故事，以“他”的心态和行为的转变作为故事的主轴，同时也会在故事需要时，将“他”所不知道的事情变化做出交代。总的来说，视角比“全知观点”狭窄，又比“第一人称观点”广阔，缺点是比较不容易操控，有些时候技巧混淆了，听众就会感觉混乱。

视角不同，效果不同

Tell a
Wonderful
Story

观点视角的运用是一个距离问题，例如用“我”这个视角的话，可以比较细致地描述个人的观察和感受，听众也因此容易代入故事，产生共鸣和同理心，但局限性也由此产生。若剧情需要，必须离开“我”的视野叙事，交代起来会比较不自然，常常需要从此时此地跳开，例如“许多年之后，我才终于明白……”“这是两年之后我们再遇之后，她才告诉我的……”

用“我”为第一人称讲故事，也得处理叙事动机和讲故事对象的问题，例如，说一个“我的妈妈”的故事，你是为何而说？说给谁听？你没有讲述的那部分呢？这些也是可以引起想象力的。这个“故事之外”虽然没有说出来，对有想象力的听众来说却也是故事，甚至更有趣。这就好比一部电影，总是用近镜头拍摄特写场景，镜头之外却也必然发生了更多事情，因此，有些故事会运用这种镜头内外交叠的技巧和多重视角使用“第一人称观点”。

“全知观点”又如何呢？因为用了一个全知的视角，一切故事细节都可以交代，也没有时序限制。虽然也会有故事主角、核心事件作为主轴展开故事，但是因为这样广角镜头式的叙述，跟听众的距离比较远，听众代入主角的心态也就不容易。因为视界和时序的跳转都可以自由运用，若是故事情节繁杂，“全知观点”几乎是不二之选。若说“第一人称观点”的长处在于运用主角的感觉和变化去带动故事情节的开展，则“全知观点”的长处就是运用情节的进展来带动角色，使之受到喜欢和认同。

然而，全知观点也有它的负担。因为表现出什么故事细节都知道，也就要为如何说出故事负上全责，听众的期待会比“第一人称观点”高一些。用“第一人称观点”可以大胆抒发感受，感染听众比较容易，叙事过程可能有不少偏见和谬误，听众会自然地投入去判断，因而产生情绪反应，这些也可以是讲故事者本来的设计，只要故事情理关系说得清楚，就算听众没有完全认同，因为距离接近，还是容易代入同理心。说到底，故事的最终呈现是在每个听众的内心。

举例来说：

那时候，我的考试压力特别大，成绩只要稍微退步就会挨骂，更没有交朋友的自由，郁闷之下，我开始偷窃，先是偷一些小东西，成为习惯之后，就由偶尔战战兢兢偷一回变成后来几乎每天都想偷……

若简简单单地把“我”换成“他”或“某某”，整个故事后续的推展期待可能不一样。

若用“我”为第一人称，听众比较能投入“我”的心态，“我”如何解困呢？“我”有没有危险？“我”的坏习惯有没有坏结果？

若是用全知观点呢？因为讲故事者有着一种全然知晓、全权挑选片段的背后承诺，所以听众会期待这个片段是跟故事后续发展有明显关系的，也很容易联想到这个“他”或者“某某”会因为这种小偷窃行为而带来什么后果。

全知观点好像一个广角镜头，有充分的叙事自由，当然也得承担一些责任。用全知观点讲故事的人，实际上不可能对世事完全知道，他也有他在知识上、感知上、时空上的限制，只能依赖个人对故事的描绘能力让听众投入，所以也可以说，用“我”的观点比用“全知观点”合乎自然，也比较容易表达感觉。

用“我”的叙事角度，尽管相对“全知”容易掌握，可是，当故事本身情节变化迅速、人物交代繁复，而又需要常常交代个人的感觉和看法时，就容易使故事变得拖泥带水，失去吸引力。

“第三人称观点”呢？它企图综合“第一人称”和“全知”两种观点的优点，又同时避免两者的缺点。

我们以上述这段故事为例，用三种叙事观点分别呈现，便之容易说清楚。

首先用全知观点：

他那时候考试压力特别大，成绩只要稍微退步就会挨骂，更没有交朋友的自由，郁闷之下，他开始偷窃，先是偷一些小东西，成为习惯之后，由偶尔战战兢兢偷一回变成后来几乎每天都想偷。

当他走进街角的便利商店，心痒起来，假意在冷冻饮品柜附近转了一圈，顺手就从货架上偷了两包刮胡刀片，心头一阵兴奋、悸动。没想到，身穿便衣的陈警官看到他鬼鬼祟祟的样子，早已经留意他，虽然心里有一瞬闪过“这个学生长相斯文，要不要警告他一下……”的念头，但是职责所在，还是抓住他，把他带到了警察局。

若是第一人称，陈警官的叙述就不该出现，故事大概是这样：

当我走进街角的便利商店……心头一阵兴奋、悸动，这时，一个壮硕的男人突然走过来，对我亮出警徽……

我被捕了。事后，我才知道这个休班警官本来想过要放我一马。

若是用第三人称观点叙事，则可以这样：

他那时候考试压力特别大，成绩只要稍微退步就会挨骂，更没有交朋友的自由，郁闷之下，他开始偷窃，先是偷一些小东西，成为习惯之后，由偶尔战战兢兢偷一回变成后来几乎每天都想偷。

当他走进街角的便利商店，心痒起来，假意在冷冻饮品柜附近转了一圈，顺手就从货架上偷了两包刮胡刀片，心头一阵兴奋、悸动。一个身材壮硕的休班警官刚巧路过，警官见他长得斯文白净，像个乖学生，心里本来还有点怜惜，可是，职责所在，还是抓住他，把他带到了警察局。

不成功的多重观点就是错置观点

Tell a
Wonderful
Story

我们现在试试用“叙事视角的主体性”深入剖析三种主要的故事叙事观点。

一、第一人称观点：**主体完全在“我”身上，**尽管有时主角不一定是“我”，而是“我的朋友”或者“我的家园”，**但叙事不能离开“我”的经验。除了五官触觉、个人猜想、幻象等，也总不能离开一个“我”。**所以，为了补充第一人称观点的狭窄性，故事的讲述者常常会利用不同角色和不同时序说话，例如：“这个灵异事件是小时候爷爷告诉我的。”“发生在她身上的所有不平凡的事是几年后我从很多人口中听来的，我现在尝试全部拼凑起来说一遍……”

二、全知观点：尽管故事也会有主角和配角之分，但是主体意识可以随时转移，每个人的想法可以交叉描述，享有绝对的叙事自由，有时候还可以加入作者自己的感想，例如：

“他们俩又擦身而过，不得相遇，真是造物弄人。”

甚至这样：

“这次成功使他变得很骄傲，觉得自己什么都懂。苏格拉底曾经讲述无知之知的道理，告诉人们，自知无知才是有自知之明的聪明人。这个时候，就缺个人告诉他这个道理。”

所以，**这个所谓全知，其实只是故事内容的全知，**仔细检查一下，还是可以找到很多故事讲述者出现的痕迹。在古典戏剧和小说里，作者便习惯常常出现评述，以现在的眼光来看，可能会觉得这样是滥用了全知观点的自由。

三、第三人称观点：其实主体主要还是在作为主角的一个“他”或“某某”的所作所为，这跟用“我”的不同之处，是主体有时候会轻轻转移，但是又不至于影响听众对主角的投入，**好处是既有单一主体易于投入和共鸣的优点，又有更灵活叙事的自由。**

当我们选定了一种叙事观点讲故事之后，我们有什么需要注意的呢？

主要有三点：

一、有没有充分运用这种叙事观点的优点？

二、是否应该运用超过一种的叙事观点讲故事？

三、有没有出现叙事观点错置？

我们就用下面这个《一千零一夜》的故事为例，讨论一下：

相传古时有一个英明的国王。一天，他和弟弟在郊外游玩，海面突然冒起黑色的水柱，这时，一个女人从妖魔的箱子里爬出来，威逼国王和他的弟弟跟她欢好，然后告诉他们：天下所有女人都是不可信的。

国王和弟弟回国之后处死了放荡的王后，从此，国王更痛恨女人，他开始每天娶一个女人来过一夜，第二天就杀掉，然后再娶、再杀，国王完全变成了一个暴君。年复一年，国王已经杀了一千多个女人，大臣为了给他找新的王后也很头痛。

宰相的漂亮女儿山鲁为了拯救千千万万的女子，答应嫁给国王。山鲁进宫后，每晚都给国王讲一个新的故事，却在天亮前留下结局不说，吊着国王的胃口。国王想听故事的精彩结局，只好把杀王后的日期一天一天延后。可是，王后讲的每一个故事都趣味无穷，这样一直讲到第一千零一夜，终于感动了国王，舍不得杀她。国王和王后从此白头偕老。

这个故事的纲要很简单，短短几百字就可以把故事说清楚，充分展现了全知观点的好处。因为可以自由地裁剪和进出故事，所以也能够以最简洁和有效的方式讲述故事的交叉矛盾和进展。

这个故事也可以分别由两个主角去叙述：一、国王，二、宰相的女儿山鲁。

那可不可以用第一人称的叙事观点呢？

我们探讨一下可能性：

若是用国王呢？需要清楚地描述他的内心转变，怎样由一个明君，因为受到感情伤害而变成暴君，后来被山鲁感动了，痛改前非。假若用“我”的观点，距离摆得太近，听众需要投入国王的情绪，这个心理转折应该不容易产生同理心。

若是用王后山鲁呢？虽然比较可行，但得讲述她对国王的感受，起初一定有很复杂的情绪：恐惧、牺牲、爱恨、智谋，用“我”需要交代清楚，因为爱上一个暴君不容易让听众投入。况且，山鲁为国王讲了那么多的故事，交代起来也有点复杂。

反过来，若是用那个从妖魔的箱子里爬出来的女人作为第一人称，因为她有妖术，可以解释很多事，用她旁观整件事，可能十分有趣，因为距离很远，发挥空间也就更大。但是，大家可能宁愿用“全知观点”，因为比较省事，必要时让这个魔女重新出场，讲述她的观点便是。

那又可否用第三人称的观点呢？这个故事只有国王和山鲁两个主角，既然两个都不容易运用，应该没有必要保留“我”的感觉了，所以根本不必考虑，用全知观点则灵活得多。

若是用多重观点呢？即基本上使用全知观点，某些段落则用“第一人称观点”或者“第三人称观点”，在重要的环节里，这样能够比较仔细地呈现角色的内心世界，这种叙事技巧现在也为舞台剧广泛运用。举例来说，国王遇上那个从妖魔的箱子里爬出来的女人，回到宫里怒杀王后的一段心理转折也是他由明君变成暴君的转折点。宰相女儿山鲁第一晚进宫的遭遇也很有隐喻。只是大家要注意，使用多重观点叙事常常会遇到故事氛围整体协调的难题，假若因为不同叙事观点而产生不同的叙事风格，听众就会很难投入，那倒不如全部使用全知观点，当有需要时加强一下主角的观点就是。

多重观点的运用，也引申到另外一个该注意的地方，那便是：错置观点。

不成功的多重观点就是错置观点。

大家应该不会忘记，故事本身是一种虚构的真实，高手往往拥有以假乱真的能力。**叙事观点的运用，目的是以最恰当的视角把故事讲得最精彩，叙事观点的意义在于："用谁的脑袋和视界去讲这个故事？"**听众会逐渐习惯按这个方向接收故事和演绎故事，要是突然转变方向，听众就很难投入故事，反而会看出故事的虚构成分。

因此，随意使用多重观点讲故事可能是很不成熟的做法。

可有些时候，即使只用单一观点，也会出现错置状况。这种情况最常出现在"第三人称观点"。

例如下面这一段，是用王后山鲁的第三人称观点讲述《一千零一夜》的故事：

> 她在房间里等着，这时，国王踏着轻快的脚步走进来，身边并没有侍卫。国王看见她，眼睛一亮，被她的美貌吸引着，很和善地吩咐她不用行礼，可是，国王早已在袍子里藏着一把匕首准备要杀她。山鲁倒了一杯葡萄酒给国王，国王的心情看起来很好，可是，房间外面的两个带刀侍卫一直没撤走。

这里的错误在于：一、王后不会知道国王“早已在袍子里藏着一把匕首准备要杀她”，需要转换叙事观点才说得通。就算是运用全知观点，也应该交代清楚。二、“可是，房间外面的两个带刀侍卫一直没撤走”也显得突兀，变成了利用全知观点叙事。

一般来说，解决了上述的三个问题，叙事观点的运用才不会犯错，听众也容易投入故事的情节和脉络。

Points of This Lesson 知识点温习

善用叙事观点，可以有效发挥内在力量。叙事观点基本有三种。

一、第一人称观点。

可以细致描述个人的观察和感受，听众容易代入故事，产生共鸣和同理心。

存在局限性，若剧情需要，必须离开“我”的视野叙事。

二、全知观点。

可以交代一切故事细节，没有时序限制。

与听众的距离较远，听众不容易融入故事人物的内在。

三、第三人称观点。

介乎“第一人称观点”和“全知观点”之间，视角比“全知观点”狭窄，又比“第一人称观点”广阔，缺点是比较不容易操控，有些时候技巧混淆了，听众就会感觉混乱。

选定了叙事观点之后，需要注意：

一、有没有充分运用这种叙事观点的优点？

二、是否应该运用超过一种的叙事观点讲故事？

三、有没有出现叙事观点错置？

Tell a
Wonderful
Story

讲出个
精彩
故事

Tell a
Wonderful
Story

06

Lesson

第六课

故事三要素：叙事、场景、对白

所谓叙事，就是“叙述事情”，好像有个人把事情向你娓娓道来，其中赋予各种记忆、想象、感情和见地。这种用语言描绘事情的能力，有点像画家，你只要投入其中，便会感受到一些不曾目睹的景象。

善用三要素，故事不会错

Tell a Wonderful Story

所谓叙事，就是“叙述事情”，好像有个人把事情向你娓娓道来，其中赋予各种记忆、想象、感情和见地。这种用语言描绘事情的能力，有点像画家，你只要投入其中，便会感受到一些不曾目睹的景象。像《一千零一夜》的故事概要，由“相传古时有一个英明的国王……”到结尾“终于感动了国王，**舍不得杀她。国王和王后从此白头偕老**”，中间没有一句对白，纯粹叙事，却条理分明、脉络清晰。

故事的场景又如何呢？若说“叙事”好像画家的作品，

那么，场景就好像一个导演在观众面前排演了一部戏。戏中有各种背景、氛围、角色、角色对白和角色心态的变化。场景的呈现会比纯粹叙事立体，但是，每个场景都有特定的时空限制，叙事则更可以天马行空。举个例子，假设故事是这样直叙：“久而久之，爱美丽竟然习惯了这个总是惹她讨厌的他，有几天他不去打扰她，她竟然浑身不自在，反过来打扰他。”这种具有矛盾性的叙述，要是用一个个场景表达，还挺费劲。

所以，叙事和场景各有功能，如何调度安排，很大程度上要看讲故事者的技巧和偏好，当然，也要看是利用哪个媒介来讲故事。电影和戏剧基本上由一个个场景组成，旁白叙事都得小心运用；小说和励志小故事是用文字讲故事，也就可以自由发挥，交叉运用。

那么，对白呢？叙事和场景都会运用到对白，故事里的对白则通常跟日常生活中的对白有很大区别，都是精练出来的，就好像一阵一阵的鼓声，一下一下敲到听众心里。一些绝妙的精句更有如激流，可以冲击人的内心。

就让我们简单记住这些粗浅的比喻：

一、叙事 = 图画；

二、场景 = 表演；

三、对白 = 鼓声。

从经典中获得灵感

Tell a
Wonderful
Story

我们该如何运用这三种元素组成一个精彩故事使人动容?

我们试试用下面的故事探讨一下“叙事、场景和对白”的调度作用:

圣诞前夕,小芬数着钱包里的钞票,数来数去,这几个月省下来的钱还不够她为丈夫买礼物,明天就是圣诞节,也是她和丈夫志明结婚三周年的纪念日。

他们小两口在大城市生活，赚到的钱，除掉租金，省吃俭用，刚刚还清了几年前婚礼的花费。

这天黄昏，小芬从面包店下班之后就赶快跑进那家高级假发店，把自己引以为傲、乌黑光亮的及腰长发卖给店主。

“要不是刚刚有客人要定制一个假发，你这把头发才卖不到这么好的价钱呢！”店主一边付钱一边说。

拿到了钱，小芬三步并作两步跑到手表店，提取那条她请店主为她留着的劳力士手表的金色表带。

志明的父亲留给他一块劳力士手表，可惜表带已经弄断了，志明一直用一条冒牌货代替。就是因为这条表带，朋友都认为志明的手表也是假的。

这天，志明比平时晚了点回家，当他看到把头发剪短了的小芬时，他怔住了。这完全不是她期待的反应。作为一个电工，志明温文瘦削了点。

“噢，不要这样看我，我把头发卖掉了。不送你这份礼物，我心里会很难受。我的头发很快就会长回来的呢。说‘圣诞快乐’吧，你肯定猜不到我要送你什么！”

“你把头发剪了？”

“嗯，剪了，可我还是我啊！”

“你是说你的长发没有了？”

“自从我们结婚之后，你就没有买过一件名贵的东西给自己，你知道我多么内疚吗？都是我不好，要你那么早和我结婚。”小芬哽咽着说。

志明把小芬拉到身边，从口袋里拿出一个精致的长方形绒布盒子放到她手里说：“打开它，你就明白为什么我刚刚呆了一下。”

小芬打开盒子，看到盒子里的东西，她先是笑，然后捂住嘴巴哭了。

那是一把纯玳瑁做的名贵的法国梳子，梳柄上镶着几颗小小的钻石，专为长发的女士设计。结婚前，她曾经在一家店的橱窗里看到过，但从来就没想过可以拥有。

她把梳子紧紧地抱在怀里，抬起泪湿的双眼说：“我明天开始用增发的洗发水，头发很快会长回来的。”

然后，她脸上露出一个神秘的微笑，一边把那条劳力士表带拿出来给他一边说：“你看！以后再也没有人敢怀疑你戴的手表是假的了。”

可是，志明又一次怔住了。他缓缓坐到沙发上，摸摸头，笑着对她说：“现在的人都不用手表了，手机看时间更方便呢。何况，表带我也用不着了。”

这一回，轮到她怔住了。

他拉住她的手告诉她：“结婚三年，我都没送过一件像样的礼物给你。为了买这把梳子，我把手表卖了。我们两个人的圣诞礼物现在都用不着，不如先放起来。今天是圣诞节，来吧，我们一起做一顿圣诞大餐。”

这个故事改写自美国著名作家欧·亨利的短篇作品《麦琪的礼物》。一百多年来，无数电影、戏剧和小说都从这个短篇里撷取灵感。

用场景
来拉近距离感

Tell a
Wonderful
Story

故事先用简洁的叙事交代背景，然后用一个场景把小夫妻相濡以沫的爱情温馨地呈现出来。男主角下班回到家里的场景、对白和叙事互相交织，使得情节能够流畅地推展，可以说是小故事中的佳作，难怪欧·亨利有“短篇小说之父”的美誉。

只要拿《麦琪的礼物》跟前面的《一千零一夜》比较一下，或多或少就能看出“场景”的力量。

《一千零一夜》只有一句对白“天下所有女人都是不

可信的”，这也是国王的心魔，之后的叙事虽然曲折有趣，但是因为没有场景，光靠想象不容易呈现出来。

试想一下，要是我们把最后几句“王后讲的每一个故事都趣味无穷，这样一直讲到第一千零一夜，终于感动了国王，舍不得杀她。国王和王后从此白头偕老”发展成一个场景，好像《麦琪的礼物》的安排调度一样，这个故事的感染力应该会大大增加。

场景的临近感能让整体故事的叙述达到栩栩如生的效果，因为一些你本来不可能知道、不可想象的事情，竟然可以在你面前演练一遍，那是很奇妙的事，听众比较容易投入其中。

用叙事
来增添想象空间

Tell a
Wonderful
Story

在文字故事里，如何调度叙事与场景是一件很重要的事，电影都是一个个场景接下去，需要依靠情节推展和人物对白去帮助背景叙事，场景的临近感虽然比较容易吸引注意力，同时却也容易使人感到疲倦，所以，电影的铺排一般都很紧凑，观众也就没有空闲时间去感觉疲倦。有时候，在中间安排一些嬉笑和轻松的场景也能使观众既保持投入又不会觉得累。文字故事则不一定需要尽量运用场景，恰到好处便可。

当然，我们这里提到与“场景”同时考虑的“叙事”只是一个技术上狭义的“叙事”，**从广义来说，所有“叙事、场景、对白”，都是广义的“叙事”。**

我们却也不能轻看这个在文字故事里狭义的“叙事”，“叙事”可以把很复杂的事理和情境做简单清晰的背景交代。有了前面出色的叙事，接下来的场景才能够活灵活现。所有的“场景”都是由“对白”和场景里的“叙事”组合。**由于“叙事”简洁、浓缩的特殊性质，“叙事”本身才能够变得充满想象空间。**

美国著名作家海明威曾用六个字写了一篇著名的小说，据说，有一次他在酒吧喝酒，有酒客跟他赌十块钱，看他能不能用六个字写成一篇小说。海明威不假思索挥笔写下这六个字：

待售：童鞋，从没穿过。（For Sale：Baby shoes, never worn.）

这个简洁有力的叙事方式仿效者众，也出现了很多佳作，例如：

对不起，士兵，我们的鞋子要一双一双地卖。

Sorry soldier, shoes sold in pairs.

终于，我开口向她讲了第一句话，并留下一束花（在坟前）。

Finally spoke to her. Left flowers.

今天我又一次向妈妈（失忆）介绍自己。

Introduced myself to mother again today.

用对白
使故事鲜活起来

Tell a
Wonderful
Story

“对白”的技巧也常常会被忽视。精彩故事里面的对白往往活灵活现，扣人心弦，好像真的在你眼前发生，可我们若仔细留意一下自己平日是如何说话的，就会发现日常生活的对白绝大部分琐碎、重复，没有重大意义。

在餐厅吃饭时无意中听到别人说的话，或者偷拍下来的视频里的对白，其中许多也根本没意思。就算一些经过设计、刻意影响别人的话语，例如演讲、辩论和综艺节目等，内容也可能无聊透顶。这也是为什么故事里的对白需要力量，因为能够往听众的心底里敲。

我们再来看看《麦琪的礼物》里一个场景中的第一句对白：

> “噢，不要这样看我，我把头发卖掉了。不送你这份礼物，我心里会很难受。我的头发很快就会长回来的呢。说‘圣诞快乐’吧，你肯定猜不到我要送你什么！”

这段对白在故事里显得自然吗？起码，可以说是让人满意的。它既可以表达女主角心急讨好丈夫，又忐忑不安的心情，更能够马上把情节往前推展，接下来就可以看到男主角对前面所有叙事的反应。

这段让听众满意的对白，是否跟现实生活中一样？不一定吧。生活中的对白一般都是断断续续，一问一答好几回，也可能重复几遍“这样也很好看吧”“我想送圣诞礼物给你”，中间也有些互相猜测的情绪，才能够完全表达意思。

故事里，接下来也只用了三句对白：

“你把头发剪了？”

“嗯，剪了，可我还是我啊！”

“你是说你的长发没有了？”

“自从我们结婚之后，你就没有买过一件名贵的东西给自己，你知道我多么内疚吗？都是我不好，是我要你那么早和我结婚。”

到这里，听众恍然大悟，背景叙事的力量也加强了，透露了“是我要你那么早和我结婚”的重要信息，听众对女主角突然卖掉长发买圣诞礼物的决定就更能理解。

这么高效率的对白在现实中却几乎不可能发生，这正是讲故事的人的高明之处。精彩的故事是为了满足我们心底的某些期待，触动我们某些久未被碰触的心弦，精彩的对白常常走在触动听众心灵的第一线，就好像心头响起的一阵阵鼓声，让我们感受到日常生活以外的颤动，**这正是虚构真实的正面力量。**

香港的电视观众有一阵子常常嘲笑电视台编剧的拙

劣，现代剧经常出现这些情节对白：

女主角回到家中，妈妈听到声音走出来：

“回来啦！这么晚，要不要我煮个面给你吃？”

“不用了，妈妈，我吃饱了。”

“弟弟，你过来，你看到姐姐多么辛苦做事养家了吗？”

“姐姐，我会努力读书。”

“弟弟，快拿成绩单给姐姐看。你看看，他全都及格。”

上述这些对白情节真不真实？真实的状况可能还更冗赘一些，可惜，哪个听众会喜欢故事里出现这么平庸的对白？这些对白只会使剧情变得松散，难以凝聚注意力。

怎样的对白才会发生在情节紧凑的电视剧里面？

女主角回到家里看见妈妈，一脸愕然。

妈妈说："回来啦！这么晚，要不要我煮个面给你吃？"

女主角："你来干吗？我不是说过你来我家之前要先通知我吗？你把钥匙放下，现在就走！"

妈妈："弟弟！你过来，给姐姐看看你的成绩单。你看看，他全都及格。"

女主角："我不想看他妈的什么成绩单，我只希望他以后不再向我伸手要钱，不要再找我去警察局保释他，走吧你们！"

我们前面说过，故事情节的推展常常是由人物之间的矛盾冲突带动。人物之间的矛盾冲突有时候在场景里发生和加剧，有时候则是在场景里得到缓和。世间的矛盾冲突永不会静止不动，显示这种生命的本质，正是故事作为人生隐喻的理由。展现角色之间的矛盾冲突，也是故事发展的动力。

因此，故事的精彩对白也得合理地出其不意，借此展现故事角色之间的矛盾冲突和心情状态，同时让故事往前推展。我们也得避免过度设计，那些完全缺乏真实感、只是为了推展剧情而设计的场景和对白反倒会使故事失去趣味。有些艺术表演故意在舞台上复述生活情境，是觉得一般人会忽略生活的点滴和细节，所以通过艺术形式让我们反省，可是，效果并不一定理想。

人物设计，情节推展，故事整体叙述，故事里的叙事、场景和对白适度调配等等加起来的目的，无非是要“让故事里面的角色活起来”，唯其如此，讲故事的意义才算是达成了。“对白”设计便是使故事中人物活起来的重要元素，“对白”是故事中人物之间的直接的内心互动，即便是自说自话，也是自我最直接的流露。这些对白要“精彩真实”地展现。这个“真实”，却未必是真的发生，而是听众心中接纳和欢喜，觉得一言一语都是真实的，所以，我会形容对白就像一阵阵鼓声敲到心里去。

只要看看故事中人物说出来的对白是否生动就知道这个人物有没有在讲故事的人心中活起来，假若这个人物不能在创作故事的人心中活起来，也就不可能在听众心里活起来。

故事的真实感往往来自听众的投入和代入，每个被故事感动的人也会有各自不同的感觉。所以，假若讲故事的人在叙事和对白里放进太多个人的意见和想法，很可能会成为听众代入故事的障碍。**让故事角色在自己心中活起来，就必须尊重他们、投入他们，只有这样，这些故事里的人物才会说出精彩的对白，虽是表演，却也栩栩如生。**

平常我们若要辨识一个人，可以根据他对事物如何表达开始，我们可能有很多机会去推敲、再推敲。可是，在故事里，我们并没有这么多的机会，很多角色话不多，却需要给听众留下特殊印象。故事的角色越多，越需要给予每个角色一种让听故事的人容易辨识的特色，那就需要很深入的角色设计和呈现功夫。与此同时，我们几乎可以确定，要是这个角色的对白没有个人特色，这个角色可能是不重要的，甚至不需要的。当然，除非故事带有自传色彩，否则，故事作者习惯通过主角的对白来表达自己的想法，也可能是个很坏的习惯。

三要素的配合法则

Tell a
Wonderful
Story

讲故事的时候，“叙事”“场景”和“对白”，又该如何调度配合呢？

我们简单总结一下：

首先永远记得自己在讲故事，而不是自说自话，要牢牢记住，如果故事不精彩，也没有可以跟随的因果脉络，只会令人一头雾水或者分神，那就没有多少听众会想听下去。

但是，也不要以为说得越多，听众越会代入故事情境。一旦提供过多的信息，只会使人不耐烦。精简原则很重要，没有必要的事情便可以少说，甚至不说。

其次，故事叙述技巧的呈现，目的是让听众接收到你传递出来的信息，不是听你伟大的议论。一味做理性分析，只会影响故事的连贯性，听众面对议论式观点，也会很容易从故事中抽离，无法代入。

至于场景的设计，必须谨记目的是向听众充分展现人物之间的互动，每个场景必须首先让听众代入，设计场景的时候，得离开故事叙事的直接描述，放手让人物活起来，听众才能感受到人物的性格和情绪。

只有当每个场景的小故事出色时，整体故事才会成功。每个场景在故事情节的推进和人物性格的呈现上有着连接故事整体的功能，因此，场景的开始、转折和高潮（或者所谓感动点），都应该精心设计，不要轻易满足于个别场景的螺丝钉作用。

一个故事常常有临近结尾的高潮设计，最后能够打动人心，或者让人印象至深的，却可能是一些充分展现人类姿彩的场景片段。

Points of This Lesson 知识点温习

故事三要素：叙事、场景、对白

- 叙事有如图画，可以天马行空地叙述事情，简洁、浓缩的特性使故事充满想象的空间。
- 场景有如表演，虽有特定的时空限制，但其临近感可使故事栩栩如生，充满力量。
- 对白有如鼓声，是人物之间直接的内心互动，高效率的对白在现实中几乎不可能发生，却可以让故事活起来。

三要素的使用心法

- 永远记得自己是在讲故事，精简很重要，过多的、不重要的信息只会使人不耐烦。
- 叙事的目的是让听众接收到你传递出来的信息，不是听你伟大的议论。
- 设计场景时，要放手让人物活起来，听众才能感受到人物的性格和情绪。

Tell a
Wonderful
Story

讲出一个精彩故事

Tell a
Wonderful
Story

07

Lesson

第七课 练习讲好故事

我们建构一个故事，首先得出现一个灵感激荡、有强烈感觉的原点。故事的原点是如何发生的？可以说各施各法，大部分专业的讲故事者都搜索枯肠，寻找好故事。简单来说，好故事就是：

有创意，会令听故事的人心中一亮的故事。

从练习
讲“我的故事”开始

Tell a
Wonderful
Story

我们对“故事”的基本元素“人物”“情节”“叙事观点”已经有了基本认识，也对如何调度“叙事、场景、对白”有些心得，那接下来呢？

所有学习，最终都得归于自身经验，所以，下一步应该轮到练习讲故事了。

我们建构一个故事，首先得出现一个灵感激荡、有强烈感觉的原点。故事的原点是如何发生的？可以说各施各法，大部分专业的讲故事者都搜索枯肠，寻找好故事。简单来说，好故事就是：

有创意，会令听故事的人心中一亮的故事。

小说家、电影导演、画家等艺术工作者，有时候非常单纯，可能为了呈现一个画面，或者是某个情节、一个人物，或者一个主题，就由此出发，逐渐完成一个故事，这种由简单的灵感开始的伟大故事，比比皆是。具有游说性或是教育性的小故事则可能围绕一个信息主题，逐渐丰富各种故事元素。

故事的起点就好像一颗刚刚萌芽的种子，故事的优劣，在于这颗种子有多强大的力量、生长的土壤是否肥沃、环境气候又能否配合生长。那就是说，我们内心有多大触动，主题和素材是否有足够的发展空间，我们讲故事的技巧又是否成熟而有创意。

谁对这个故事最关心、最熟悉、联想最多？肯定是自己。**练习讲故事，从自己的故事开始，往往也是最合适、最方便和最有价值的做法。**

事实上，很多有成就的作家、剧作家和音乐家，创作源头都来自自己的经验，甚至几乎所有作品，无不带有自传色彩。毫无疑问，我们要了解别人、了解人性、了解宇宙运行的法则，最好的参照对象，肯定是自己经历的人事变迁和内心变化。

有什么比自己的悲欢离合更有信服力？谁没有几件挥之不去的乐事或者憾事？

练习讲自己的故事，也会带来很多好处。我们平日的思考大多是零碎、重复、没有目标的，也不会刻意去整理。**我们练习说自己的故事，可以帮助我们整理自己的人生经验，从而更了解自己，借此反省和提升自己。**况且，当今社会，人与人之间的沟通频繁，我们大多数时间需要表达自己，也需要让别人了解自己，准备好自己的故事，也就是准备好与世界碰面的条件。

假设我们把“我”变成故事的素材，那又该如何开始讲这个“我的故事”呢？

剖析“我”，了解“我”，才能讲出“我”

Tell a Wonderful Story

首先，“我”是什么？

介绍自己有很多方式，也得视不同处境和场合而定，总的来说，是希望别人对你有个好印象。

所以，说一些自己的得意事或者聪明话，是再正常不过的，当然也少不了基本数据介绍，年龄、籍贯、学校、工作、收入、家庭，等等。

然而，想要把“我”说成故事，要求就得高一点。我们在“故事是什么？”一课中说过：

“故事的意义，就是把片段式的事情和人情的变化串联起来，以一种特殊的因果关系呈现。”

叙述故事的过程，你会经过很多思考、选择、设计和想象，最后完成的作品就是创作。虽然是根据你所知的事实改编，但你根本不可能全然了解事实的整体真相。

所以，平日的自我介绍，肯定不够。

一般人是如何理解一个“我”字呢？

一、我的背景：出身、家庭、学校、工作，等等。

二、我拥有什么：才能、学识、荣誉、金钱、人际关系，等等。

三、我经历过什么：考试、恋爱、旅行、投资，等等。

四、我脑袋里想什么：渴求过什么、有过什么想法、现在有什么目标，等等。

可以完完整整说出这四大项，已经需要一些整理功夫，可就算你记下所有这些东西，真的就可以掌握一个“我”吗？好像还不行。正如我们难以向别人解释完整的“美国”

一样，其实我们也没有能力全然讲述一个“我自己”。我们理解自己的能力和理解身边万事万物的方法可能没有两样，毕竟，人类理解周遭世界的能力受到很大限制，在这些零碎、含糊、不确定的认识当中，我们又必须拼凑出事物的因果逻辑，并尽量去理解。

我们讲述自己的故事，应该采取一种具有因果性和象征性的方式，让别人或者自己去理解自己。

我曾经认识一个很逗的“精神导师”，有段时间我们经常碰到，他很喜欢说自己，可是，他说的故事每次都不一样。头一次，他说自己以前是很好的外科医师；第二次，他说自己以前是一家医院的内科主任；第三次，他以前竟然变成了一家医院的院长！

有些人有自欺欺人的习惯，除了想要赢得旁人的尊重之外，就是他对自己的认识非常含糊和不确定。

任何经历都是故事

Tell a Wonderful Story

我们假设现在没有旁人，也暂时没有明确的目的，那就当作只有一个你很想结交的人，你要告诉他你是一个怎样的人，由某个起点出发，练习一下如何去叙述自己。

修我的课的都是二十来岁的学生，当我在课堂上告诉他们，考试题目是："讲述一个我的故事，并解释如何运用教授过的讲故事技巧。"部分学生的实时反应是："我是个平凡的学生，没有什么可以说啊！"

幸好，他们最后都能够把故事说出来，有些也颇为精彩。

我通常会一步一步引导学生：

一、这些年来，有没有一个片刻、一句对白、一个人物、一件事情，你每次想起来都深深触动，又或者刻意忘记？

若有，那是什么？可以问一句“为什么会这样”吗？

背后是否有一个故事？又是否可以发展成一个故事？

二、你是否做过一些事、说过一些话，让别人非常喜欢，或者深感痛苦？若有，你和这些人是什么关系？

发生这件事之后，（人物事件）关系有没有产生变化？

大部分人都经历过一些深刻的事情，要是真的说不出来，那至少能说出感觉吧？每个人对不同的事情有不同的感觉，有些人被人当众用言语侮辱会一笑置之，过几天就忘记了，对另一些人，却是一辈子的耻辱。

对不同的事情有不同的感觉和反应，这就反映出不同的人格特质。

每个人都处在不停变化当中，深刻的感觉有没有带给我们深刻的变化？有没有变成人生转折？这些感觉和转折又是否可以套用“六种人格发展原型”去叙述？

假若是有深刻的经历，人生也因此发生转折，那基本上便可以成为故事。

我的有些学生会把亲人、朋友和老师放到自己的故事里，叙述他们的故事如何影响自己，然后变成一个“我的故事”，这样也可以很精彩。接下来我会举一些例子来讲解，每个例子都经过综合处理和改写，所以也不会泄漏个人隐私，故事的主角也都很勇敢，都曾经在课堂上当众演练和分享。

第一个故事：
因减肥而改变的人生

Tell a
Wonderful
Story

莉莉是一个从小受宠爱的女孩，性格很乖巧，高兴就大笑，长得胖嘟嘟的，样貌很可爱。幼儿园的时候，她是校内的明星，圣诞节演话剧，扮演圣母玛利亚的就是她。虽然那次她不小心把扮演耶稣的瘦小孩推倒，让所有观众笑得前俯后仰，最后还是给了她最佳演员奖。其他小朋友不但不嫉妒她，反而都最想跟她做朋友，因为她很慷慨，家里给的糖果，她都愿意带到学校跟同学分享。小学二年级那年，全班二十五个人，生日那天，她收到二十四份礼物。

好景不长，三年级之后，莉莉开始尝到人情冷暖，她成绩只算中等，体重却是班里最重的，老师和同学不再觉得她特别可爱了。她带到学校的糖果，也不像从前那么受欢迎，有时候不对口味，同学还会呛她一句：“才不要吃那么多呢！不要像你这么胖。”她在学校里饱受委屈，常常躲起来哭，幸好，家人还是一如既往地疼爱她。

但她越来越不爱上学了。

到了六年级，那些发育得早的女同学已经长得亭亭玉立，成为男生的暗恋对象。成绩好的那些，也成为老师宠爱的模范生，在各种朗诵比赛、体育比赛、话剧比赛上大出风头。可莉莉呢？当然轮不到她，大家觉得她是个脾气古怪、成绩不好、不合群的胖妞，偶尔被同学捉弄，轻佻的老师也会拿她来开玩笑。

莉莉每天上课就像受刑，她每天从早上第一节课开始数着什么时候才到最后一节课，她只盼着学期结束，并且告诉自己：“离开这个鬼地方就好了！”于是，她很用功地读书。

努力有了回报，她考上离家不远的一所不错的中学，她满怀希望，以为可以重新开始。开学那天，她打扮了很久，戴上新的头饰，穿上最爱的紫色袜子，还准备了一些小礼物送给新同学。

结果如何大家大概也猜到了，莉莉把所有小礼物都带回家，扔进垃圾桶里。

莉莉又经历了一年痛苦的日子，终于有一天，她决心减肥。初一的时候，她体重六十四公斤，现在的她，只有四十六公斤，这个莉莉，就是你们眼前的我。

我当年为了减肥，真的不顾一切，每天饿着肚子，从家里带的便当都送给同学吃，有几次差点饿晕了。妈妈急哭了，怕我饿坏身体，嚷着要我转学，但是我知道没有用，只要我还是这么胖，就很少有人会欣赏我的好处。为了安抚妈妈，我用功读书，成绩算是中上，我也瘦下来了。初三开学的时候，学校所有人看到全新的我都呆住了，说我很有毅力，后来我还收到几个男同学的信，他们想约我出去。我当然高兴，但是心里还是很恐惧，恐惧自己有一天又会变胖。

所以，直到现在，同学跟我吃饭时还是会觉得我很奇怪，我不吃肥肉，不吃甜点，也吃得特别少，可我毕竟熬过来了，我也很佩服自己的毅力。

感谢大家听我的故事。

这是个很简单的小故事，来自一位很安静的女孩。起初，她只说了两句："以前减过肥，因为受到伤害。"我觉得这也是一个有趣的转折，可以发展成一个故事。接下来，她写出故事大纲：

小时候的我长得胖嘟嘟，大人都觉得我很可爱，我在学校和家里都受到宠爱，没想到大约十岁的时候，大家的价值观改变了，胖嘟嘟的我反而受到歧视。我一直希望转学，谁知道上了中学，情况更严重，那时我决心减肥，大家都不相信我可以做到，但我就是做到了，我宁愿挨饿也不吃，几个月就减掉了十公斤。妈妈看见我走路都没有气力，有好几次担心得哭了，最后我成功瘦下来了，现在很少有人知道我曾经拼了命地减肥。直到现在我吃饭还是很小心，每餐只吃半饱，肥的甜的都不吃。

首先我告诉她，**要多讲故事，少一些概念。**

“大家的价值观改变了，胖嘟嘟的我反而受到歧视”是故事的核心转折，也是主角心态转变的原因，所以必须用具体事件取代这两句话，添加一些细节就更具说服力。大部分人都摆脱不了以貌取人这个陋习，一开始用第三人称观点去叙述，听众有距离感，不会觉得被指控，才会容易投入故事，自己讲故事的时候也比较容易控制情绪。

莉莉也可以用“六种人格发展原型”和“五段式情节进展”，使故事更有深度和吸引力。

在课堂上经过一番讨论之后，莉莉决定这样处理人物的心理转变：

一、天真者：以为自己长得很好看，也是别人眼里的焦点。

二、孤儿：由讨喜到受到伤害，承受不起这个转变。

三、流浪者：彷徨不知所措，尝试用各种方法回归正常的人际关系。

四、战士：为了讨回尊严，承受身体的痛苦，拒绝美食的诱惑，终于摆脱心理困扰。

虽然主角年纪还轻，谈不上真的经历了这四个人生阶段，她将来很可能还是在别的事情上重新经历由天真者到流浪者的心态，但是，在克服外貌困扰这件事情上，她的确跨过了这些人生考验。

情节发展可以这样：

一、介绍阶段：小时候因为外形深受宠爱，后来反而因此受到伤害；

二、梦幻阶段：以为转学就可以从头来过；

三、挫败阶段：情况没有改变；

四、危机阶段：减肥承受的痛苦和压力；

五、结局：减肥成功，摆脱压力。

我也特别提醒莉莉，不要错误地把受到宠爱的时期当作梦幻阶段，否则，心理转折就会缺乏立体感，很容易变成一个简单的三段式结构：

第一段（起、承）：小时候因体形受到不同的待遇；

第二段（转）：决心减肥，经历各种困难；

第三段（合）：减肥成功，但依然保持警惕。

使用以上三段式的故事结构，很容易忽视了主角决心减肥之前的各种挣扎，而那部分却正是最容易赢得同理心的。

本来我还希望莉莉设计一个场景让故事更生动，可惜她想不起戏剧性的场景，也想不起有哪些精彩的对白，最后决定只用不同的观点叙事来增加故事的戏剧性。

故事完成之后，我也提醒莉莉如何实际运用这个故事来表现自己的优点，以后在求职或者升学上取得优势。在故事里加入明显的信息是其中一个简易的办法，假设这是你自己的故事，你会希望听众注意你的优点。

因此，莉莉在故事开头加上了一小段：

这个故事是我最想讲的故事，是我的亲身经历，是关于一个人如何明白毅力是如此重要的一个故事。

同时，结尾也加上这一小段：

从此以后，我明白一个人在困境之中是可以用毅力扭转形势的，虽然社会上对体形存在偏见很不对，我们也不应该随便糟蹋自己的身体。想要摆脱困境，毅力是很重要的，我受过伤害，也就不会随便欺负别人，会尽可能帮助身边那些弱小的人。

在故事开始和结尾加入了这些信息之后，我觉得她可以在求职和升学过程中适度改动一下这个故事，把它附加在履历表之外，应该也会有所帮助。后来，她毕业之后很快就在广告公司找到工作，还告诉我学习了讲故事的技巧对她的人生新阶段很有帮助。

第二个故事：用母爱战胜自卑与挫折

Tell a
Wonderful
Story

另一位同学，则想用妈妈的故事来讲述自己：

“我的生命跟她的生命息息相关，一旦离开了她就没有什么可说。”

我提醒她，用一个跟自己关系密切的人和他的事来讲述自己是可以的，但是千万别离题。

她后来交出这个故事大纲：

我的妈妈年轻时是体操选手，拿过全市银牌，后来回乡下当体育老师。为了让我有更好的前途，她选择移居香港。因为没有学历，妈妈在香港只能当杂工，那时我只有八岁，不懂英语和广东话，在学校常常被同学取笑，后来，老师发觉我跑得很快，才对我比较重视，其他同学也逐渐接受我，这可能是因为我有妈妈的遗传吧。从那以后，我常常代表学校参加校际田径赛，也用体育成绩建立了自己的自信心，却也忽略了文化课成绩。我一心只想着凭着体育成绩考上大学。但我没想到，在最关键的那一年，我竟然在校际田径赛上失利，只拿到第三名，本来答应了只要我拿到冠军就录取我的那所大学立即拒绝了我的申请。那时候，妈妈为了筹措我未来的学费同时做着几份办公大楼的清洁工作，当她知道我考不上大学时，她病倒了。原来她有很严重的关节炎，但一直瞒着我。我知道之后很伤心，答应她，我明年一定会考上大学。第二年，我终于考上大学，也常常帮妈妈做清洁的工作。从前的我在学校里很出风头，却也很自卑，我害怕同学知道我妈妈的职业会瞧不起我。现在的我反而光明正大地告诉同学，我放假需要帮妈妈，因为她身体不好。我也不会再用体育成绩来掩饰我的自卑心，这倒让我交到一些真正的朋友。所以，我一辈子最感谢的人就是我妈妈。

我提醒这位同学，自己的故事，建立主题信息很重要。大部分人也只关心自己和自己在乎的人，除非你的故事非常曲折有趣，否则的话，别人并不容易全情投入。只有当你抓紧一个很有共鸣和价值的主题信息来演绎故事时，别人才会很快就联想到自己的处境。

这个同学想到可以用“学会了尊重和珍惜”作为主题，看来是不错的，可以由这个主题入手，整理讲故事的思路。

人格发展的原型在她的故事里又该如何运用？

下面是她起初提出的方案：

天真者：对移居香港充满幻想。

孤儿心态：受到同学的忽视和排挤。

流浪者：探索如何被接受。

战士：用体育成绩建立自信心。

殉道者：曾经忽略了母亲的爱，后来又全心为了母亲而奋斗。

魔法师：考上大学。

我告诉这位同学，这个方案是一个很有代表性的“错误套用六种人格发展原型”的例子。与其如此生硬套用，不如忘记这个故事的人物和人格发展理论。经过讨论之后，她交出一个比较像样的人物和情节发展方案：

天真者：妈妈和她对移居香港充满幻想。

孤儿心态：妈妈过着穷困的日子，她也不适应新学校。

流浪者：她为了被同学和老师接受，努力在体育课上有所表现，同时也绝口不提妈妈的工作。

战士：终于可以面对自己，跟妈妈并肩作战。

情节推展：

介绍阶段：妈妈为了让她得到良好教育，移居香港，岂料生活不如人意。

梦幻阶段：她以为凭着优异的体育成绩就可以克服求学的困难和自卑。

挫败阶段：她在校际比赛上没拿到冠军，进不了大学。

绝望阶段：妈妈病得很严重，她才发现自己一直以来忽视了妈妈的感受。挫败感加上内疚，使她情绪极度低落。

结局：她向妈妈道歉，并且努力读书，愿意面对自己的真实状况，不再以妈妈的工作为耻，只要有时间就去帮忙。

她的故事最后完成了：

人生有很多机会，也有很多祝福，可我们会常常视而不见，反而看向一个使自己困扰的方向。我用了十多年，经历了很多困扰，才学会珍惜自己的机会和祝福。这里我想和大家分享我的心得，希望大家指教一下。

我的童年很快乐，我住在乡间，整个村子的人都是亲戚，我常常和其他小孩子爬到树上摘水果，或者到溪涧抓些小鱼小虾，学校的功课很容易应付，最重要的是，我有个很让我骄傲的母亲，她曾经是我们省里的体操队队员，拿过全市比赛亚军，退役后回到乡下教书，是乡亲很敬重的人。我们家虽然不富有，但是过得很好，我爸爸也在学校里教书，他和妈妈是青梅竹马的恋人，两个人感情很好。

那年我七岁，有一天，妈妈告诉我，我们快要搬到香港了，因为爸爸是华侨。我知道之后真是开心极了。从小在电视剧和书里看到的香港很漂亮，可以说是五光十色，同乡的孩子都很羡慕我能去香港。

我们坐了一整天的车才到香港，然后来到亲戚为我们租的房子，我那时一看就觉得很奇怪，那是新界的一间小小的铁皮屋，只有三十平方米，面积大概只有我们在乡下住的房子的四分之一，比我以前那个家的厨房没大多少，地点有点荒僻，邻居也都很冷漠。一年之后，为了就近工作，我们一家三口又搬家了，这次搬到一个只有十平方米的小套房。

跟读书的事相比，居住的问题原来已不算太坏。那年我八岁，按理应该读小学三年级，可是因为不懂英文，又不会说广东话，学校都不要我，有的学校甚至要求我从一年级读起，在我妈妈的哀求下，才终于找到一所肯让我读二年级的学校。

我们的学校不算水平很高的学校，可我的成绩总是跟不上，又常常被同学取笑乡音。因此，我每天早上都不愿意上学，幸好，过了没多久，老师就对我另眼相看。可能我有妈妈的体操选手遗传因子吧，我体育成绩很突出，很快就代表学校参加校际比赛，还拿到很多奖项，因此顺利升上中学，一所传统名校更是破格录取了我。

同时，我的自卑感却与日俱增，尽管我已经改掉了乡音，我的家庭环境和大部分同学还是有很大的差距。同学家里都比较富有，有时候去同学家里玩，看见他们住的地方比我们乡下的房子还要大，洗手间也有几个，我真不敢让他们知道我住在哪里。

因为学历不被香港承认，我爸爸只能当校役，母亲觉得校役薪水不多，就去做清洁工，她每天早出晚归，跟爸爸的感情变得很冷淡，有一次我听到他们吵架，爸爸怪妈妈坚持要搬到香港，妈妈反问他是不是不想女儿多一些机会。

我的心理压力也很大，中学时我们搬到公租房，居住环境有了改善，但我的学业成绩不算好，一来因为我读书不算有天分，二来因为我要花很多时间进行田径训练，以此来维持自己的自尊心。

报考大学的时候，有一所大学开出一个录取我的条件：只要我可以拿到校际比赛其中一个项目的冠军，我就能进大学，这个项目，我前一年就是冠军，还差一点就破纪录。我当然信心满满，没想到，到了比赛当天，我心情太紧张，起跑慢了，只拿到第三名。

大学入学考试发榜那天，妈妈特意请假在家里等我，还做了我最爱吃的白切鸡。

我回到家里，劈头第一句就对她说：“我不读大学了。”

她很恼火，问我：“为什么？你成绩是不是很糟？你不是说有大学肯录取你吗？”

我只好跟她解释。但她根本听不进去，不停地骂我：“你就是不争气，整天只想着出风头，枉费我们为你牺牲那么多，你真是没用！”

我忍不住还嘴：“你难道很争气吗？你争气就不会整天捡垃圾！你曾经是一个体操亚军，你还记不记得！”

这时她突然一巴掌打过来，她从来就没有打过我，可惜她已经不是当年的体操选手，身手没我敏捷，我用手挡住了她那一巴掌，把她推开。我用力太猛，不小心把她推到地上。这时候，一直旁观的爸爸走过来，一巴掌打到我脸上说：“你怎么可以这样对她，她为你付出太多了！”

我愣住了，爸爸向来是个沉默寡言的好好先生，也很疼我。我看看躺在地上爬不起来的妈妈，她头发乱蓬蓬，满脸皱纹，四十几岁已经驼背，哪里还有体操选手的样子？我伤心得放声大哭。

后来妈妈在医院住了两个星期，原来她得了严重的关节炎，还有肾病。爸爸告诉我，这两年她为了筹措我的大学学费接了很多工作，累病了。

我有两个月没跟妈妈说话，心情很低落，十分内疚，一下子瘦了五公斤，我的初恋男友这时也抛弃了我，和他最后一次通电话，是我打给他的，他说他正在大学新生营，现在没有空，晚点会找我，可是，过了两天之后，他删掉所有跟我一起的社交群组，拉黑了我。

我感觉了无生趣，连饭都不想吃。直到有一天，我看完电影回家，妈妈做了白切鸡，若无其事地叫我吃饭，饭吃到一半，她给我一张表格，很温柔地说：“我已经替你报名了，听说这家补习班很好，明年再考一次大学吧，这次一定会考上的！一定要去上课啊，学费很贵，我已经预先缴了一个学期的学费。”

我抱着妈妈大哭起来。不要以为我很爱哭，我长大之后只哭过这两次。

后来我当然考上大学了，所以才会站在这里。在大学里，我也参加过运动会，拿过奖牌，可是我也用了很多课余时间帮妈妈做清洁，我再也不怕告诉别人，她是我妈妈。妈妈后来告诉我，她是因为训练过度，骨头受伤了才离开体操队的。我觉得她是全世界最好的妈妈，她答应我，等我毕业之后找到一份稳定的工作，她就会退休。

妈妈不但教会我如何珍惜：珍惜机会、珍惜家庭、珍惜青春，还教会我要尊重弱势群体，因为很多人都是努力在生活中奋斗，希望有更好的明天。

这位同学员调度“叙事、场景、对白”的能力不错，我后来给了她很高的分数。

第三个故事：看似幸福，也会有遗憾

Tell a
Wonderful
Story

有些同学想了很久，回头告诉我，他觉得自己的事情真的难以编成故事，因为太缺乏转折，平淡得自己都觉得有点闷。其中一位同学这样跟大家说：

“我太幸福了，家庭和睦，从小成绩不错，人缘也很好，一直很顺利……

“我家境算是富裕，从来都是要什么有什么，朋友都很羡慕我……

“我很难想到有什么让我太难过的事，有的只是小时候养的狗突然不见了……”

我会一个个跟他们讨论，我相信“没有冲突，就没有故事”，更相信人世间怎么可能没有矛盾和冲突？有些矛盾表面激化出来，有些则是潜藏着而已。即使没有重大事情发生，平静的表面下还是有暗流涌动的。成长的环境很平和，那社会呢？社会也能影响家庭。人心的波动呢？青春是一种冲力，怎么会完全没有迷惘、没有渴求、没有挣扎？

下面是这位同学后来交出的故事大纲：

> 虽然我的人生看起来很完美，但我心中一直有三个很大的遗憾。第一个是我小时候最爱的宠物波比，那是一头灰白色的雪纳瑞，它是从姑姑家抱回来的。我是独生子，没有兄弟姊妹，小时候整天都跟它做伴，它是我最好的朋友。我九岁的时候，波比病了，看了几次医生都治不好。有一天我放学回家，怎么都找不到波比，家人告诉我它死了，已经送走了，可我心里

不相信，我觉得他们是嫌医药费太贵，把它送去人道毁灭了。从此以后，我拒绝再养宠物。第二个遗憾是我的初恋女友，我们在中学的最后一年好起来，可我家里反对，认为这个女孩子配不上我，也阻碍我考大学。她知道之后，很伤心地跟我分手了。第三个遗憾是我想去外国读大学，但是因为我跟家人感情很好，他们舍不得我，我也舍不得他们，本来已经有大学录取我，我可以到美国直接读大二，可那段时间祖母身体不好，我不忍心离开，便去不成了。

我认为这个故事也可以很有趣，只是得回到故事的根本：人生的隐喻。**“没有冲突，就没有故事”，一个精彩的人生故事，就是提升到一个高度，把人生的矛盾和冲突天衣无缝地整合成一个有象征性的整体，使人既明白矛盾和冲突的对立状态，也感悟到人生百态。**我认为这位同学可以抛下所有人物和情节的基本理论，集中描述自己内心的冲突，同时对人生状况展现一种理解。不过，他需要注意对“叙事、场景、对白”的运用和调度，使得故事比较生动，也因此成为故事。主题信息也很重要，但是可以试试写完故事再找出主题，否则可能会窒碍故事的感性发挥。

他的故事后来是这样：

> 不知道从几岁开始，反正是我还不知道房子有多贵的年纪，家里的长辈已经告诉我：“你不用担心将来，你可以做你喜欢的事，因为我们家里虽然不算富裕，也算小康，百年归老之后，所有的钱都会给你，我们只希望你做个对世界有贡献的人。”
>
> 我记得好像是奶奶首先跟我说的，父亲是独生子，我也是独生子。的确，从小就有些同学很羡慕我，他们一看到我每天都穿得很光鲜就知道家里把我照顾得很好，又常常可以去外国旅行，妈妈还是中学家长会的会长。我为人也很乐观，成绩总是中上。
>
> 可我告诉大家，我心中有个秘密。有些事情，我一想起就很不快乐，但偶尔还是会想起。为什么是秘

密？因为我从来不跟别人说，家里的人也一直以为我是个没有烦恼的人，为什么他们会这样想？因为一直以来我身心都很健康，他们也把我照顾得很好。

我心中有三个遗憾。

第一个遗憾是波比。波比是我四岁那年姑姑送我的生日礼物，它是一头灰白色的雪纳瑞，我把它当成我的弟弟。我每次回家第一件事就是去抱波比。我九岁那年，波比突然生病了，它有气无力的，饭也不吃，看了几次医生都治不好，后来有一天我放学回家没见到它，家人告诉我波比死了，已经送走了，可我不相信，我觉得是爸爸妈妈嫌医药费太贵，把它送去人道毁灭了。从此以后，我拒绝再养宠物。为什么我会这样怀疑呢？我也不明白，照理说我们一家人很亲密，他们也很讲理。

第二个遗憾是我的初恋女友。我们在中学的最后一年好起来，她是一个很开朗的女孩，很爱笑，跟她在一起我很开心。可我妈妈不喜欢她，觉得她缺乏教养，每次我外出约会我妈妈都黑着脸。有一次我们开家庭会议，妈妈认为这个女孩子配不上我，更会阻碍我考大学，奶奶倒是比较温和，她觉得应该由着我。最后，爸爸决定要我高考前停止约会，也以此作为对我和她的一个感情考验。

女友知道之后，质问我："他们这样认为，你呢？你觉得应该吗？"

"我觉得可以接受。"

"我以为我是在跟一个成熟的人谈恋爱，谁知道你好像还没断奶。"

"考完试不是可以再见了吗？你也应该多温习功课啊。"

"我好像在跟你妈妈谈恋爱，然后被她抛弃了，你以后拉着你妈妈的手好了……"

我怕她说出更难听的话，推了她一把："你骂我可以，但不要骂我的家人……"

"你打我？"

她说完甩了我一巴掌。

我当场呆住了，那是我们最后一次见面。

后来她没考上大学，我听说她交了一个很烂的男朋友，我总觉得我应该负很大的责任。

第三个遗憾是我想去外国完成大学的最后两年，我家人都不赞成，也舍不得我。我一直坚持，他们就故意少给我零用钱，可我还是用自己的积蓄凑够了考试费用和手续费，有一所不错的美国大学录取了我，这次我很坚持，也告诉家人我想独立，最后他们唯有妥协，要我答应每年的寒假和暑假都回来。可惜那段时间祖母身体不好，我不忍心离开，拖了几个月，便去不成了。

这位同学的故事感觉有点奇怪，在温室成长的孩子无疑会有一些心理挣扎，可是，这些孩子也是幸福的，不需要像大部分人一样在社会上独自艰苦奋斗。即使有些许遗憾，起码是过着舒服的日子。我不明白他为什么有如此强烈的遗憾，后来他私底下告诉我，他父母都是控制欲很强的人，看来幸福的家庭还是有许多暗流涌动，父母有时会吵得很厉害，吵完又若无其事，他夹在中间，常常觉得自己在这个家里扮演一个让父母喜欢的角色而不是真实的自己，因此他才那么渴望离开，开拓一片属于自己的天地。

我问他："你有多大的决心和勇气？有的话，你就写出来。"

于是他补写了一个结尾，让故事生色不少：

> 我很感谢家人对我的照顾，也希望有一天可以回报他们，但我觉得一个人有责任独立和活出自己，我暗中决定了，等我毕业之后，找到一份可以为生的工作，我会开始我的独立生活，从此不需要家里照顾。我还会做下面三件事情。第一件，告诉家人，希望他们好好运用那些属于他们的钱去做自己想做的事情，不必盘算要留多少钱给我，假使有一天他们把剩下的钱全都给我，我只会全部捐给慈善机构。我也希望自

己可以坚持这份志气，贯彻这个决定。第二件，我想再养一只灰白色的雪纳瑞，这一次，我不会让它只活几年。第三件，我会尝试联络我的初恋女友，向她说声对不起，希望我们还是朋友。

我诚心希望他可以贯彻到底，要是做得到，他会拥有一个很完美的人生。当然，假若他的决心和勇气只是另外一种角色扮演，那他只会很快又回到原点，继续扮演他原本的角色。

要对“讲故事”产生激情

Tell a
Wonderful
Story

看完这三个故事的构成过程，大家应该开始明白，创作故事其实没那么难，创作自己的故事更是很大的乐趣。

只要抓紧一个起点，就可以将心中的话说出来，经过整理，再运用讲故事的技巧修饰和调度，成为一个有情节和主题的小故事。讲自己的故事是很有意思的事，生活中的感觉通常都是零碎、含糊的，有时甚至有点糊涂，整理自己的故事就是把自己最刻骨铭心的想法串联起来，会有一种“哦，原来我是这样的一个人！”的奇妙感觉。这个

“我”的故事，还可以调整和改写，心态不同，看自己也会有不同的节奏和颜色。

就像上一个故事，这位同学在重新整理和改写之后，心中产生了激情，决定将来不要家人留下的钱，假若他日真的做得到，他的人生将会有一番绚烂的风貌。

可是，假若他做不到呢？那么，若干年后，他也许会这样跟别人说：“我年轻时很天真，天真得想放弃父母留给我的钱，你说我是不是脑袋坏了？”正如主角预期的一样，旁边的人听完可能会笑笑，可他曾经真诚地想过人生的故事应该这样走，他的人生已经跟他从来没有想过的时候不一样了，他走了一圈，离不开又回到原点，但他毕竟走了一回，并非浑浑噩噩。

叙述自己是一件很奇妙的事，如何叙述过去，等同于如何看待自己的现在，因此也会影响将来。叙述自己的过程，会碰触到一些你平日逃避的心事，会让你想起很多淡忘了的生活细节，点燃你那些温馨、伤感、欢喜、尴尬和眷恋的情绪，当你用心地把它们以故事形式展现，这个创作的“我”，又会从此在你心底与你并存，深深影响着你。创作“我的故事”时，确定一个正能量的主题信息是应该的，这样可以让自己投入一种乐观和正面的叙述里面，听众也会倾向于接受正能量的信息，毕竟，使人丧气和消沉的社会新闻太多了。

设定一个主题信息，同时也清楚这个故事的目的和意义，故事才能收放自如，恰到好处，让你容易判断那些情节、对白和叙事是否必要，故事的力度又是否足够。

要注意的是，过于严格地执行主题信息而排斥非主题信息的叙述，可能会窒息整体故事的生命力，好像讲故事只为说理，而你本来是在叙述一个充满活力的生命，那只会变成作茧自缚。何况，一个故事可能蕴含多个信息，每个人都可以有不同的体会，例如前面提过的那个《曾国藩与小偷》的小故事，你可以接收到“专注最重要”的信息，也可以接收到“毅力乃成功之本”“聪明反被聪明误”“大智若愚”等不同的信息。

事实上，一个故事内在的生命力越是丰富，听众越会有不同的感受和体会。虽然听到的是同一个故事，但是不同的人，自然会各自产生不一样的理解和联想。精彩的人生故事甚至不需要点出主题信息，听众自会受到感动，影响也不在一时，因为这个“人的故事”带给听众一种整体的人生领悟，达到人生智能的层次。

最后对你的故事进行编排和润饰

Tell a
Wonderful
Story

我们若以一个讲故事入门者的态度试着叙述自己的故事，则可以从基本技术入手。大部分人的生活未必具有丰富的戏剧性，在这种状况下，写好故事概要之后，先设定一个主题信息会是明智之举。在构思故事的过程中，若不喜欢这个原本设定的主题信息，也可以随时改动。那不是一个定律，而是一个自定义范围，可以帮助你表现得更好而已。

我们前面提过，“由于叙述的篇幅所限，故事人物都以精练、糅合，甚至改造过的面貌出现，因此故事里的人物跟我们在现实生活中接触的人或多或少会有不同，他们倾向于个性鲜明、行为果断，转变能力很强，处事反应也比较戏剧化。”

然而，创作“我的故事”时，主角是自己，那又是否同样需要增加个人的角色魅力来吸引听众欣赏和注意？

为了迎合听众的口味，我们会不会伪造自己的故事？是有这个可能，尤其是那些喜欢吹牛皮的人。但我们还是应该从正反两方面看待这个问题。

说自己的故事，是一个让朋友更了解你的平实的方式，要是这时候还不能老实面对自己，还逃避自己内心最深处的疑惑和恐惧，还时刻装饰和吹嘘，那又何必呢？

何况，一个人的故事之所以能够深深影响别人，不一定是因为经历很多而让人羡慕，那样距离太远了，反而是有些故事的内在信息难以言喻地震撼人心，能让听众对人生有所领悟，可以说是“以心传心”。

那么，我们说自己的故事到底需要多少编排和润饰呢？

丰富的人生经验必定会带来人生的变化，可是，假若缺乏反省，就无法领悟。故事往往把人物的性格和情绪的变化用因果关系讲述出来，“六种人格发展进程”也因此很有参考价值：

过度天真——很容易受伤害。

受到伤害——很容易变得偏激、沮丧、迷失。

迷失状态——最好的出路是重新反省和探索。

反省和探索——完成之后就充满重新出发的动力。

讲故事不只是列出一连串事件，重点还是人物心境的变化、心态的改变和心灵的成长。讲故事倾向于简化人生历程，真实人生情绪变化则反反复复，例如因过度天真而受到伤害，沮丧一番，探索一下，下次又可能犯同样的错误，人格特质上完成一个阶段的并不是很多，通常会表现飘忽，人心本来就散乱。说自己的故事，我们会省略反复不定的状况，只交代关键的变化，否则，故事就会显得唠叨，听众也无法专注。心态的转变要适当地简化，才可以清晰地表现出来，听众才不会摸不着头脑。每个人的性格和心思不同，就算同样的遭遇，感受也会不一样，只有根据大部分人容易发生的心路历程来叙述人物内心的变化，才会比较容易激起同理心。独特的感受和思考，固然有独特的魅力，但是正如所有艺术创作一样，这需要高度的想象力和理解力，未必是新手可以轻松做到的。

讲述“我的故事”，当完成“发现故事起点”“思考信息主题”“探究主角的心境变化”这几个步骤之后，就可以动手勾勒故事的基本脉络，尝试写出一个简单的故事概要。概要不用太长，几百字就可以。

假若把故事的起点看成植物的种子，那么，故事概要就像一株幼苗，隐约看到一些将来的特征。这时候，我们应该检查一下下面几项：

一、背后是否有充沛的感情和感觉？（这是故事的动力。）

二、矛盾冲突和转折是否有触动力？

三、主题信息是否跟故事主线吻合？

如果全都觉得很顺畅，就可以动手丰富故事的内容，整理情节的走向。

故事如何开始？

故事如何铺陈？

故事的高潮在哪里？

故事的结尾是否有余韵？

拟好故事概要之后，就可以进入情节进展的设计铺陈。

故事情节的安排就是叙事的心灵节奏、事情如何黏合、如何呈现因果关系、呈现的先后长短和取舍、作者感情何处收放、故事角色是否具有完整面貌等的总和。

我们讲述自己的心路历程，侧重个人的感觉、反省和整理，从而达到一个有代表性的整体感觉。到了情节的安排，反而需要多注重听众的感觉和反应。

故事，始终是说给别人听的。

该如何让听众保持注意力、感兴趣、得到信息，也受到感动呢？

我觉得有几点是值得也可以在情节设计安排的时候同

时注意的：

一、语言是否生动？自己的故事未必需要华丽绚烂的辞藻，一些简洁和容易意会的语言比较有力。

二、有没有抓紧角色和事件的内在矛盾与冲突？冲突如何产生、对立、依存和消融，本身就是故事的基本结构，也是一般人理解世事变迁的习惯。

三、是否可以营造悬念？所谓“悬在心头，不离不弃”，一旦触发了听众的悬念，听众就会很想知道结局。悬疑小说的手法通常是描绘出一个引人遐思的状况，然后一步步把一个不可思议的结局铺陈出来，或者先抛出一个不可思议的结局，再用奇特的因果关系重新把故事推展开来。自己的小故事没有这种离奇性，但是，有时把个人经历的先后因果倒置叙述也许会有意想不到的效果。

四、可否有点幽默感？幽默感是消融矛盾冲突的一种潇洒的姿态，自嘲的故事常常会很有魅力，这无非是因为幽默感既能让人放下心理压力，又能带来欢喜的感受。

那应该怎样运用“五段式情节进展”呢？

我觉得只需参考一下就好，没有必要全部套用。当然，听众对故事的要求是希望情节会往前一步步推进，也期待一些出人意表的状况，尤其是在互联网时代成长起来的一代，接触太多十分戏剧化的故事，对进展缓慢、情节转折不多的故事很容易不耐烦，他们说："这算什么故事？不过是些感受嘛。"

所以，我们该想想：

一、如何吸引听众进入故事？

二、如何营造故事的核心转折？

三、如何在故事的结局带出主题信息？

这三点相当于我前面说过的三段式故事结构，不能不仔细思考。

某种程度上，我们也可以说"五段式情节进展"不过是把"三段式"的第二段"转折"加以丰富，多了一个转折而已。个人的小故事虽然未必有这种戏剧性，却值得思考和吸收，并且适当运用，从而避免简单三段式的故事结构过早"剧透"，使人失去对结局的期待。

情节安排，就是建构故事的骨干，可以说是除了故事人物发展之外，故事的第二个核心。有时候，光是巧妙的情节就可以成就一个精彩故事。据说美国好莱坞的大导演都擅长用一两句话打动制作方，获得重金投资，这一两句话比千言万语的投资建议书更有效，重点就是巧妙的情节组合，经典例子之一，是电影《异形》系列，这部当年的大制作，据说就从"把大白鲨的故事搬到宇宙飞船上去，男主角换成女主角"这么简单的故事概要开始。

至于自己的小故事，也同样可以善用"巧合"或者"奇迹"，"巧合"就是本来不应该碰上的，竟然发生了。懒惰的影视编剧每当想不通的时候，最爱用各种巧合交代，观众觉得不真实，情绪就会抽离，把巧合放到自己的小故事里，倒是比较可信，那些巧合会达到"世界就是如此神奇"的戏剧效果，反而加了分。

有时候，就算故事内容比较平淡，也还是可以利用情节安排的技巧让故事变得比较动听。

决定了情节如何进展，就可以接着思考叙事观点的运用和叙事与场景的调度。

叙事观点的技巧在个人的小故事中未必用得着，**用第一人称“我”才最真实有力，**要是用第三人称或者全知观点，除非故事很复杂很有吸引力，需要很多背景交代，否则就划不来。不过，自己的小故事做小段式转换也未尝不可，例如描述童年和亲友的经历时故意换用第三人称叙事观点。自己的小故事很多都倾向于平铺直叙，若能转换一下叙事观点，也会增加故事的趣味性。

每个“我的故事”最好能有一到两个场景，场景不需要长，几句精彩对白就可以，太长反而容易失去张力，只要带出最精彩的那部分就好。对白可以使故事更生动，因为叙事的是你，对白则出自故事里的其他角色，有时候，几句精彩对白就可以给人留下深刻印象。

当然，也不要忘记把精彩的对白留给自己，有一回，我甚至要求所有同学在讲自己的故事之前先用一句话告诉别人，他自己是怎样的一个人。只能用一句话去表现你自己，又得让别人注意你，真的就好像射出的一支箭一样，必须一矢中的。

基本元素都构思好之后，就可以开始讲自己的故事了。有些人比较会说话，可以先把故事讲一遍，然后再写下来。会说话的人毕竟不多，大部分人会选择先写下来再练习怎么讲。中国人比较羞于表达自我，写下来的时候，最好不要有交功课的心态，真实的自己不需要隐藏，过多的恐惧和伪装只会使人感到困惑。

试着不要对自己说谎，诚实地整理一下自己的人生，你正在写的这个“我的故事”是否可以代表你自己？**一个精彩而真实的“我的故事”，才能感动他人，让人产生同理心。**要是你有些难言之隐，处处避重就轻，但你又太想完成一个“我的故事”，那你就得尽量挑一些其他有意义的情节和素材代替。有些同学不懂表达自己，常常会轻飘飘地说一些无关宏旨的事情，我会劝他们不如私底下对自己讲一个真实的“我的故事”，这个真实的故事无须公开，自己跟自己讲，然后再告诉我就可以。说来也奇怪，当他们私底下完成了真实的“我的故事”之后，他们公开讲的“替代故事”也会比较动听，这是因为当他们完成了一个真实的“我的故事”后，他们讲故事的技巧也会大大提升。

完成了的故事是否需要修改？当然需要。自己的过去不可以改变，“过去的故事”却可以改变，那为什么不修改？

试着问自己这三个问题：文字是否可以更精练？用词是否可以更恰当？分段是否可以更符合听众的心理节奏？

这些基本功，也是改稿的基本功。可要是你对自己写出来的故事毫无感觉，那该怎么办？

我会建议你毫不犹豫地扔掉这个故事。别人不了解真正的你是正常事，人生常常也需要角色扮演，但你没有必要伪装自己，除非你讲自己的故事时本来就带着伪装的目的。把自己的人生浓缩成一两千字的小故事，却没有感动自己，那肯定不是一个好故事，就算伪装，起码也应该骗得过自己。

你应该从头再来一遍，由寻找强烈自我感觉的原点开始，想想自己心态的改变，然后把每件事情重新组合。假如你能够这样重来一遍，肯定会比头一次真切和坦白，也就自然会有感人之处，有一听的价值。每个人如果坦诚反省，用心展现，必然会带来一种“人生就是这样”的感动。

假若你觉得自己的故事可以讲得更好，却不知道心态叙述、情节安排、叙事观点和场景对白哪一样可以完善，那又该怎么办？你可以把故事的顺序重新检查一遍。你的人生是个整体，你的故事也是一个整体，一旦改动了一个细节，其他细节也需要配合改动，当一个个细节改动下来，整体故事会丰富很多。

你也要明白，完善自己的故事是终生事业。当你看待人生的心态改变了，当你的智慧增长了，对那些你本来很在乎的事也会一笑置之，一些本来以为不重要的事又可能变得重要。因缘际会，有太多不可思议的地方，人生智慧也因此只能事后诸葛。

所以，当你觉得已经尽心，那就可以让这个“我的故事”过关，无所谓最好，只有更好。

当你完成了“我的故事”，那我恭喜你，你已经完成学习讲故事重要的一课，从此以后，你讲故事的能力、对故事的理解力和对精彩故事的鉴赏力，应该会大大提高。

至于如何把讲自己的故事的技术转移到讲别人的故事，甚至创作故事，那当然需要更深入地钻研、学习、尝试、演练和提升。

你已经创作过一个很棒的小故事，再来，又有何难？

知识点温习 Points of This Lesson

从练习讲“我的故事”开始

- 我们建构一个故事，首先得出现一个灵感激荡、有强烈感觉的原点。好故事就是：有创意，会令听故事的人心中一亮的故事。
- 练习讲故事，从自己的故事开始，往往也是最合适、最方便和最有价值的做法。
- 我们练习说自己的故事，可以帮助我们整理自己的人生经验，从而更了解自己，借此反省和提升自己。

如何讲述自己的故事

- 发现故事的起点：
  设定一个主题信息，探究人物的心境变化。

- 丰富故事内容，整理情节走向：
  故事如何开始？
  故事如何铺陈？

故事的高潮在哪里?
故事的结尾是否有余韵?

- 安排情节需要注意:
  语言是否生动?
  有没有抓紧角色和事件的内在矛盾与冲突?
  是否可以营造悬念?
  可否有点幽默感?

- 有些技巧必须掌握:
  善用“巧合”或者“奇迹”。
  用第一人称“我”才最真实有力。
  要是你对自己写出来的故事毫无感觉,建议你毫不犹豫地扔掉这个故事。
  从头再来一遍,由寻找强烈自我感觉的原点开始。
  完善自己的故事是终生事业。

图书在版编目（CIP）数据

讲出一个精彩故事 / 麦成辉著 . —长沙：湖南文艺出版社，2017.6
ISBN 978-7-5404-8075-2

Ⅰ. ①讲… Ⅱ. ①麦… Ⅲ. ①成功心理 - 通俗读物 Ⅳ. ①B848.4-49

中国版本图书馆 CIP 数据核字（2017）第 096131 号

上架建议：沟通技巧 · 励志

JIANGCHU YI GE JINGCAI GUSHI
讲出一个精彩故事

作　　者：麦成辉
出 版 人：曾赛丰
责任编辑：薛　健　刘诗哲
监　　制：毛闽峰　赵　萌　李　娜
策划编辑：董　鑫
文案编辑：王　静
营销编辑：杨　帆　周怡文
装帧设计：仙　境
版式设计：李　洁
出版发行：湖南文艺出版社
（长沙市雨花区东二环一段508号　邮编：410014）
网　　址：www.hnwy.net
印　　刷：三河市中晟雅豪印务有限公司
经　　销：新华书店
开　　本：880mm × 1230mm　1/32
字　　数：136千字
印　　张：7
版　　次：2017年6月第1版
印　　次：2017年6月第1次印刷
书　　号：ISBN 978-7-5404-8075-2
定　　价：38.00元

质量监督电话：010-59096394
团购电话：010-59320018